I0639075

Hrsg. Franziska Röchter

Hinter dem Licht

Geschichten über Korruption, Intrige, Macht und Mord

chiliverlag

Zuletzt im chiliverlag erschienen:
poesía del paraíso infernal – poemas y fotografías de la república domi-
nicana (2013)
bis ans ende der zeiten, amen / sie ist ne domina (2013)
So (ne) Nette – Lyrische Poesie der Gegenwart im Sonett-Gewand (2013)
Kunst, Kultur und Schizophrenie – Bühnentexte (2013)
Sisypussy – Satirische Geschichten über Männer, Frauen und andere
Desaster (2013)

1. Auflage Januar 2014
(c) chiliverlag, Franziska Röchter, Verl
franchili / 10
KIMM-Stories sind Geschichten über Korruption, Intrige, Macht
und Mord.

Die Rechte an den einzelnen Texten liegen beim Autor.
Detaillierte bibliographische Daten sind unter http://dnb.ddb.de
bei der Deutschen Nationalbibliographie abrufbar.

Lektorat, Gestaltung, Layout: Franziska Röchter
Co-Lektor: Philipp Röchter
Coverfotos und Innenfotos: Yves Drube, Santiago de
los Caballeros,
República Dominicana

Printed in Germany
ISBN 978-3-943292-10-7   **www.chiliverlag.de**

Was lieb ich mein anderes Kind
seine Seele ist klar wie ein See
es kennt nicht den Blick hinter Spiegel
und weiß nichts vom Abgrund der
                        menschlichen Wesen

Inhalt

Psycho reloaded

Scheinwelten

Rache

Autorinnen und Autoren

Im engsten Kreis

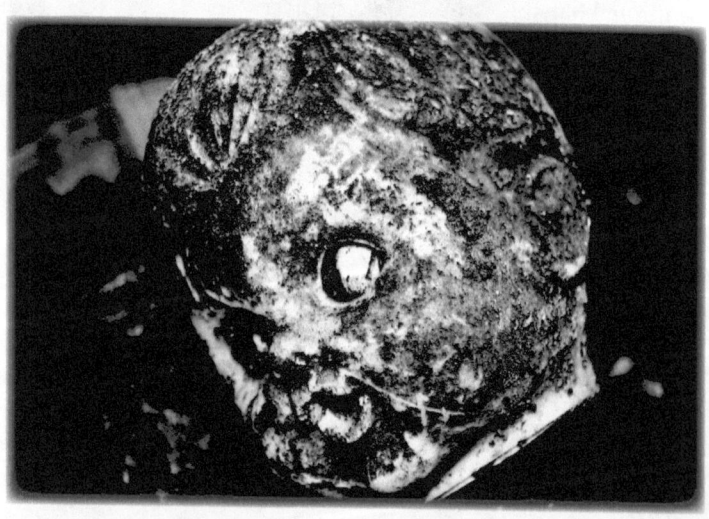

Susanne Mathies

Die Puppenschule

Zigarrenqualm und Schnapsgeruch ziehen in mein Zimmer. So ist es immer, wenn Opa Georg und Onkel Peter zu Besuch sind. Ich fühle mich wie zu Besuch in meinem eigenen Zimmer. Aber eigentlich gehört mir das Zimmer auch nicht richtig. Tagsüber ist es Mamas Nähzimmer.

„Lisa kann jetzt gehen und mit ihren Puppen spielen", hat Mama gesagt, als ich nach dem Kaffee auf dem Sofa herumgeturnt bin.

„Geh in dein Zimmer, meine Kleine, die Erwachsenen wollen sich unterhalten."

Die meisten meiner Puppen hat sie schon zur Nacht weggepackt. Ich nehme mein Lieblingsspielzeug, eine Puppenschule. Auf den kleinen Pulten liegen Schreibtafeln mit winzigen Schwämmen und Kreidestiften. Die Tafel für den Lehrer ist größer und steht auf einem Holzgestell. Das Beste an der Schule ist, dass es gleich passende Schüler und einen Lehrer dazu gibt, biegsame Stoffpuppen, so gross wie meine Hand. Der Lehrer trägt einen weichen Anzug mit einem Hemd und einem Schlips, die beiden Mädchen haben Filzröcke und weisse Stoffblusen an, und der Junge hat eine Kappe auf dem Kopf. Ich freue mich schon darauf, im Herbst in die Schule zu kommen. Da gibt es bestimmt viele andere Kinder. Vielleicht näht Mama mir was Neues, wenn sie Zeit hat.

Ich biege die Knie der Schüler-Puppen und setze sie auf die Bänke. Der Lehrer malt ein Haus auf die Tafel, und die Schüler müssen es abmalen. Es wird ziemlich krakelig, weil die Tafeln so klein sind. Alle sind ganz still, aber ich weiß schon, dass das nicht so bleibt. Else, das Mädchen mit den gelben Zöpfen, stellt sicher gleich irgendeinen Unsinn an. Sie kann einfach nicht stillsitzen.

Im Nebenzimmer reden sie jetzt ziemlich laut. Ich will gar nicht zuhören, aber die Sätze klingen böse. Mamas Stimme wird immer höher. Sie hat schon den ganzen Tag schlechte Laune gehabt.

Am Frühstückstisch hat sie sich bei Papa beschwert:

„Warum müssen sie denn zum Mittag, zum Kaffee und zum Abendessen kommen? Denk bloß mal an den ganzen Abwasch!"

Papa hat genickt und die Zeitung aufgeschlagen.

Dann hat sie ihre berühmte Sahnetorte gebacken, mit Nüssen und Orangenspalten obendrauf. Diese Torte habe ich nicht gern, weil Mama nie die Haut von den Orangen-stücken abzieht, und die werden dann ganz hart und zäh. Ich wollte ihr beim Sahneschlagen helfen. Aber sie hat ge-sagt: „Nein, das wird mir zuviel, wenn du mir auch noch zwischen den Füßen herumläufst. Geh zum Spielen in dein Zimmer."

Jetzt beklagt sie sich im Nebenzimmer. Opa Georg und Onkel Peter haben kaum was von der Torte gegessen, aber dafür naschen sie jetzt Schokolade. „Nach all der Mühe, die ich mir gemacht habe!", sag sie. Ich hätte auch gern ein bisschen Schokolade. Aber wahrscheinlich gibt es wieder nur Cognacbohnen. Opa Georg hat mir mal eine zum Pro-bieren gegeben. Sie war bitter, überhaupt nicht richtig süß, und brannte im Hals.

Jetzt ist Else hinter die Tafel geschlüpft und wirft Papier-kügelchen nach dem Lehrer. Hans, der Junge mit der Kap-pe, schaut bewundernd zu. Er hätte sich das nie getraut. Der Lehrer hat nämlich die Schlüssel zum Verlies. Freche Schüler werden in der Dunkelheit eingeschlossen. Mama hat mich einmal in der Besenkammer eingesperrt, aber da war noch ein heller Spalt von der Tür. Das Verlies ist viel dunkler. Und dies hier sind richtige Schlüssel, schwer und

10

eisern, keine Spielschlüssel. Sie glänzen in der Ecke des Klassenzimmers.

Die Stimmen aus dem Nebenzimmer werden wieder lauter.

„Ich sage dir doch, sie sind weg! Ich hänge sie immer an die Schlüsselleiste."

„Hast du in deiner Handtasche nachgesehen?" Das ist Papas Stimme.

„Ja, natürlich. Aber du kannst gern selbst nachschauen, wenn du mir nicht glaubst!"

Warum suchen sie denn jetzt schon nach den Schlüsseln? Es ist noch nicht mal Zeit zum Abendessen! Ich versuche wegzuhören und nehme Else in die Hand. Sie will, dass Hans mit ihr wegläuft und bei einem Zirkus arbeitet. Um ihn zu überreden, macht sie ihm einen Spagat vor. Dabei rutscht ihr Rock hoch, und man kann ihren weißen Schlüpfer sehen.

Aus dem Nebenzimmer wird es jetzt ganz laut.

Mamas Stimme: „Wer sollte sie denn sonst genommen haben?"

Also sind sie immer noch bei den Schlüsseln. Können sie nicht endlich damit aufhören?

Onkel Peters Stimme, dünn und hoch: „Nein, im Ernst, ich hab sie nicht."

Mamas Stimme, ganz selbstsicher: „Und warum soll ich dir das glauben? Du hast doch schon immer Spaß daran gehabt, mir eins auszuwischen, und fandest dich dann richtig schlau. Wenn du dich in der Schule genauso ins Zeug gelegt hättest, würdest du jetzt besser verdienen. Und du müsstest unserem Vater nicht mehr auf der Tasche liegen."

„Ich liege ihm überhaupt nicht auf der Tasche! Ich zahle ihm Miete für mein Zimmer."

„Du zahlst Miete, aber du lässt ihn deine Wäsche waschen, und er kocht für euch beide!"

„Ich bezahle schon für alles, was ich bekomme, mach dir

da keine Sorgen!"

„Ich mache mir keine Sorgen. Ich will nur meine Schlüssel wiederhaben."

„Ich habe deine verdammten Schlüssel aber nicht!"

„Du kannst es ebensogut zugeben. So machst du alles nur noch schlimmer."

Onkel Peters Stimme, schrill und wacklig:

„Martha, das ist wirklich lächerlich!"

Mir wird heiß. Ich muss jetzt was tun, bevor alles noch schlimmer wird. Ich setze Else wieder ins Klassenzimmer, nehme die Schlüssel und gehe leise in den Flur. Ich werde sie einfach in Mamas Manteltasche stecken. Da hat bisher bestimmt noch niemand nachgesehen.

An der Garderobe hängen zuoberst Onkel Peters Parka und Opa Georgs Lodenmantel. Von Mamas Mantel ist nur unten ein roter Rand zu sehen. Als ich danach greife, fällt der Parka auf den Boden, und die Metallknöpfe schlagen gegen den Schirmständer.

„Was ist denn hier los?"

Mama läuft aus dem Wohnzimmer.

Ihr Blick wandert vom Parka am Boden zu den Schlüsseln in meiner Hand. Ich gebe sie ihr schnell.

„Wo hast du die Schlüssel her?"

Das ist eine komische Frage. Ich weiß nicht, was ich sagen soll.

„Hast du sie aus Onkel Peter's Mantel?"

Inzwischen sind auch die anderen aus dem Wohnzimmer gekommen. Onkel Peter ist ganz rot im Gesicht. Opa Georg und Papa sehen so aus, als wenn sie lieber woanders wären. Alle schauen mich an.

Nun muss ich was sagen. Aber es passt alles nicht.

„Ich hab sie mir nur ausgeborgt."

„Was um Himmels willen wolltest du denn damit?"

Mir laufen die Tränen die Wangen herunter.

„Ich wollte vom Spielen nach Hause kommen, wann ich

will."

Mamas Augen sind hart und klein.

„So ein Unsinn!" sagt sie.

„Siehst du?", ruft Onkel Peter. „Ich hab dir ja gleich gesagt, dass ich nichts damit zu tun habe."

„Na ja, diesmal vielleicht nicht, aber so was sähe dir wirklich ähnlich."

„Martha! Erst machst du mich fertig, und völlig zu unrecht – und jetzt entschuldigst du dich noch nicht mal?" Er ist ganz aufgeregt, aber seine Mundwinkel biegen sich nach oben.

Opa Georg räuspert sich und sagt:

„Martha, ich glaube, du solltest dich bei Peter entschuldigen."

Mama sagt mit gequetschter Stimme:

„Peter, es tut mir leid. Ich habe mich geirrt."

Er starrt sie an. „Das ist in Ordnung."

Dann geht Mama in die Küche, um das Abendessen vorzubereiten, und ich darf zurück in mein Zimmer.

Da ist in der Zwischenzeit viel passiert. Monika, das ernste Mädchen mit den dunklen Locken, hat Else nachspioniert. Sie ist eifersüchtig und hat sie beim Lehrer verpetzt. Der Lehrer schlägt Else mit seinem Rohrstock und lässt sie nachsitzen. Er kann sie nicht ins Verlies sperren, weil der Schlüssel nicht mehr da ist. Statt dessen muss sie sich in eine kleine dunkelblaue Schachtel legen, die zu einem Zauberer-Set gehört. Ich knicke ihre Knie und ihren Kopf ein, damit sie hineinpasst.

Else hat furchtbare Angst. Als der Lehrer den Deckel vor ihrem Gesicht zuklappt und plötzlich alles ganz dunkel ist, wird ihr ganz schlecht.

Aber dann fängt sie an zu lachen. Sie lacht so laut, dass die Kiste wackelt. Daran hat der Lehrer überhaupt nicht gedacht – sie liegt ja in einer Zauberkiste! Und aus einer Zauberkiste kommt man immer wieder heraus.

Norbert J. Wiegelmann

Fahrt mit der U-Bahn

„Hey Schatz, sieh mal, was ich dir mitgebracht habe. Das müsste dir gut stehen. Probier es doch mal an, ob es passt."

Ob es die richtige Größe hatte, war die entscheidende Frage, nicht etwa, ob es mir gefiel. Ich zog also Hemd, Hose und Pulli an und präsentierte mich Inas prüfendem Blick. Ina war absolut geschmackssicher. Auf ihr Urteil Verlass.

Sie musterte mich kritisch, zupfte ein wenig am Kragen des Hemdes, strich über das Rückenteil des Pullis – „du musst ihn schon vernünftig anziehen" – und bedeutete mir mit einer Handbewegung, mich zu drehen, damit sie mich von allen Seiten begutachten konnte. Dann nickte sie wohlwollend.

„So kannst du in den Frühling starten. Jetzt hast du endlich frische, aktuelle Farben."

Ina war mit meinem neuen Outfit zufrieden; und somit mit sich selbst.

„Am Besten, du lässt es gleich an. Du weißt ja, in einer Stunde müssen wir bei Monika und Dieter sein."

Wusste ich nicht. Die Einladung hatte ich glatt vergessen. Vielleicht auch verdrängt. Nicht etwa, weil ich Monika und Dieter nicht mochte. Doch ein gemütlicher Abend zu Hause wäre mir lieber gewesen.

Ina hingegen war voller Vorfreude.

„Bestimmt gibt es eine Menge zu erzählen. Die Beiden sind doch vorletztes Wochenende aus Dubai gekommen. Ich bin total gespannt, wie es ihnen dort gefallen hat. Und von unserer China-Reise haben wir ihnen auch noch nicht berichtet."

Meine Spannung hielt sich, offen gestanden, in überschaubaren Grenzen, aber ich verkniff es mir, das zu äußern. Ich wollte Ina nicht die Stimmung verderben.

„Mit welchem Auto fahren wir?", fragte sie.

„Ich denke, wir nehmen den MINI", gab sie selbst die Antwort.

„Die werden Augen machen, zumal Monika schon seit Monaten von einem MINI schwärmt."

Aha, es ging offenbar um einen Wettlauf, den Ina gewonnen hatte. Das musste natürlich dokumentiert werden. Und so starteten wir in ihrem MINI Cooper, den sie mich großzügigerweise fahren ließ.

„Zurück fahre ich, dann kannst du trinken", bot sie an.

„Das ist nett von dir", entgegnete ich.

Unterwegs ließ sie mich bei der Bank anhalten.

„Ich heb nur etwas Geld am Automaten ab."

Ina war umsichtig, vorausschauend, tough in ihrem Job und hatte ganz konkrete Vorstellungen von unserer Zukunft.

„Jetzt ist es noch etwas zu früh, aber in zwei Jahren sollten wir uns vermehrt haben", hatte sie des Öfteren geäußert. „Damit unser Kind nicht später einmal denkt, es hätte keine Eltern, sondern nur Großeltern."

Ina hatte ihr Leben fest im Griff, und meines auch.

***

Als wir von Monika und Dieter an der Tür begrüßt wurden, gab es ein großes Hallo. Natürlich war der MINI nicht unbemerkt geblieben und bot zunächst genügend Gesprächsstoff. Ich merkte, wie Ina den unverhohlenen Neid von Monika genoss, die mindestens drei Mal erwähnte, wie geil sie das Auto fände. Dieses Gefühl des Triumphes verbarg Ina jedoch geschickt hinter der betont nüchternen Aufzählung technischer Details. Denn auch damit kannte sie sich bestens aus.

Nachdem der MINI gebührend bewundert worden war, baten uns die Gastgeber an den bereits gedeckten Tisch. Und hier nahm das Gespräch den von Ina erwünschten Verlauf. Zunächst erkundigte sie sich nach dem Dubai-Aufenthalt unserer Freunde. Ihr Interesse war nicht geheuchelt, denn Ina konnte sich gar nicht satt hören an den Beschreibungen fremder Länder. Durch von Zeit zu Zeit eingestreute Fragen stellte sie auf subtile Art ihr eigenes Wissen über den Wüstenstaat heraus, welches sie sich allerdings erst kurz zuvor angelesen hatte. Denn Ina bereitete sich gewissenhaft auf Einladungen vor, um mitreden zu können.

Als wir beim Dessert angelangt waren, schlug ihre große Stunde.

„Wart ihr nicht vor kurzem in China?", fragte Dieter.

Ich nickte bestätigend, und Ina begann begeistert mit den Schilderungen unseres Urlaubs. Das Reich der Mitte erstrahlte bei jedem ihrer Sätze in den leuchtendsten Farben. Viele Details, die Ina aufzählte, erfuhr auch ich zum ersten Mal. Ich fragte mich, ob wir überhaupt denselben Urlaub gemacht hatten. Monika und Dieter hingen an Inas Lippen, als verkündete sie eine neue Weltreligion.

Doch bei aller Intensität ihrer Erzählung entging es Ina nicht, dass ich mir ein zweites Mal von dem Tiramisu nahm. Und sofort traf mich der Bannstrahl ihres strafenden Blicks. Das verstand sie meisterhaft. Sie lächelte unsere Gastgeber freundlich an, während mir aus ihren Augen, die sie während des Bruchteils einer Sekunde zu schmalen Schlitzen verengt hatte, ein vernichtender Blitz entgegenzuckte. Sie konnte es nämlich partout nicht leiden, wenn ich meinem Hang zu Süßem nachgab. Und ein zweites Mal Nachtisch zu nehmen, schickte sich ihrer Meinung nach nicht. Zumindest dann nicht, wenn Mann auf seine Figur achten musste. Und das musste ich ihres Erachtens nach. Am liebsten hätte ich das Tiramisu zurück in die Schüssel gekippt, aber das ging natürlich nicht. Also löffelte ich mit schlechtem Gewissen meine zweite Nachtischportion, auf die mir der Appetit gründlich vergangen war. Das blieb unseren Freunden jedoch verborgen, die sich weiterhin von Inas Reiseschilderungen fesseln ließen.

„Hat dir China auch gefallen?", wollte Monika irgendwann wissen.

Vielleicht war es nur ein nett gemeinter Versuch, mich an dem Gespräch teilhaben zu lassen.

„Ja, ja", beeilte ich mich zu versichern.

Im weiteren Verlauf des Abends unterhielt ich mich mit Dieter über Sport im Allgemeinen und Fußball im Besonderen. Die beiden Frauen sprachen über Gott und die Welt. Plötzlich rief Ina:

„Wie kann man bloß so etwas sagen?"

„Worum geht es denn?", wollte Dieter wissen.

Monika klärte uns auf:

„Ich hab gerade erzählt, dass die Klassenlehrerin von Gisela, der Tochter unserer Nachbarn, zu einem Schüler gesagt hat, so jemand wie er wäre im Dritten Reich ins KZ gekommen."

„Das geht nun gar nicht", empörte sich Ina.

„Falls es von der Lehrerin eine Meinungsäußerung über den Schüler gewesen sein sollte, wäre das in der Tat unverzeihlich", bemühte ich mich um eine sachliche Argumentation.

„Falls sie es jedoch zur Verdeutlichung einer historischen Situation gemeint hat, weil der betreffende Schüler beispielsweise einer entsprechenden Minderheit angehört, wäre es zwar pädagogisch mehr als grenzwertig, ließe das Ganze aber zumindest in einem anderen Licht erscheinen."

Während Dieter und Monika mir beipflichteten, erklärte Ina kategorisch:

„Wie auch immer das gemeint gewesen ist, so etwas darf

eine Lehrerin keinesfalls sagen. Das ist nicht nur politisch unkorrekt, sondern absolut inakzeptabel."

Meinen Versuch einer differenzierten Betrachtungsweise hatte sie glatt mit „ungenügend" bewertet.

Dieter entschärfte die Situation, indem er einen Schwank aus unserer gemeinsamen studentischen Vergangenheit zum Besten gab.

Danach geriet die Unterhaltung wieder in ruhiges Fahrwasser. Es bildeten sich erneut zwei Gesprächsgruppen, Ina und Monika hier, Dieter und ich da. Irgendwann wandte sich Ina mir zu:

„Du trinkst ja gar keinen Alkohol. Ich hab doch gesagt, dass ich zurück fahre."

Sie stieß mich aufmunternd in die Seite.

„Möchtest du jetzt ein Bier?", fragte Dieter prompt und machte Anstalten, für mich eins zu holen.

Ich wehrte ab. „Nein danke, ich bleibe bei Mineralwasser."

Ina sah mich erstaunt an.

„Ist was mit dir? Fühlst du dich nicht wohl?"

Ihre Stimme hatte diesen mütterlich-besorgten Tonfall, der allenfalls bei einem Kind angebracht ist.

„Nein, ist schon gut, ich hab nichts", erwiderte ich genervt.

Ina wandte sich Monika zu, und die beiden Frauen vertieften sich wieder in ihr Gespräch. Bei Dieter und mir war die Luft raus. Wir hatten uns über alle interessanten Themen ausreichend ausgetauscht. Dieter gähnte mehrmals verstohlen hinter vorgehaltener Hand.

Als die Frauen nach einer Weile realisierten, das nur noch sie sich angeregt unterhielten, während die Männer schlaff auf ihren Stühlen saßen und vor sich hindösten, zog Ina sogleich die Konsequenzen. Zunächst ein demonstrativer Blick auf ihre Armbanduhr, dann ein überraschter Ausruf:

„Mein Gott, wie spät es schon ist!"

Sie legte ihre Hand auf meine Schulter:

„Ich glaube, wir machen uns mal auf den Heimweg, findest du nicht auch?"

Es klang ganz so, als sei ich derjenige gewesen, der kein Ende gefunden hätte und der nun mit sanftem Druck zum Gehen überredet werden müsse. Statt einer Antwort auf Inas rhetorische Frage stand ich auf.

„Wollt ihr wirklich schon gehen?"

Monika spielte ihre Gastgeberrolle perfekt und tat so, als wolle sie uns noch zum Bleiben bewegen. Doch selbstverständlich war es Teil der Inszenierung, dass sich die Gäste auf ein derartiges „Angebot" nicht einließen.

Dafür zog sich das Verabschiedungsprozedere an der Haustür über eine Viertelstunde hin. Ich habe nie verstanden, warum dieses ausgedehnte Zeremoniell sein muss. Plötzlich schien es noch jede Menge zu bereden zu geben, wozu der bisherige Abend nicht ausgereicht hatte.

Endlich stiegen Ina und ich in den MINI. Da wir beide bis auf ein Glas Wein beim Essen keinen Alkohol getrunken hatten und somit fahrtüchtig waren, nahm Ina wieder auf dem Beifahrersitz Platz. Das letzte, was ich mitbekam, waren Monikas Worte:

„Wirklich ein tolles Auto, was du hast, Ina."

Es fehlte nur noch, dass sie hinzugefügt hätte:

„Und sogar mit Fahrer."

Ich schaltete das Autoradio ein. Schweigend kamen wir zu Hause an.

„Trinken wir noch einen Whisky als Absacker?", fragte Ina.

„Meinetwegen", brummte ich.

Ina holte eine noch volle Flasche Single Malt Scotch Whisky und zwei Whiskygläser und goss uns ein.

„Hast du was? Du bist so komisch? Du hast schon den ganzen Abend kaum gesprochen."

„Dafür du umso mehr", gab ich zurück.

Inas Oberkörper straffte sich.

„Was soll das denn heißen? Ich habe mich mit unseren Freunden vernünftig unterhalten, während du wie ein Stockfisch darum gesessen bist. Richtig peinlich."

Und dann ging es los. Es war wie eine U-Bahn-Fahrt auf einer bekannten Strecke, bei der man jede einzelne Haltestelle kennt. Verbal fuhren wir noch einmal alle Stationen des Abends ab.

Ina erklärte mir, wie sehr sie sich auf diese Einladung gefreut habe. Dass sie mir nach Feierabend noch extra neue Kleidung gekauft hätte, damit ich auch mal modisch up to date sei. Aber da hätte sie schon gemerkt, wie mies ich drauf gewesen sei. Wahrscheinlich hätte ich ihr diesen Abend einfach nicht gegönnt.

Und so entwickelte sich die U-Bahn-Fahrt immer mehr zu einem Horrortrip gegenseitiger Vorwürfe. Während Ina hervorhob, wie sie quasi im Alleingang den Abend gerettet hatte, schleuderte ich ihr zunehmend gereizter meine Sicht der Dinge an den Kopf. Ich empfand mich selbst als ein kurz vor dem Ausbruch stehender Vulkan. Sie habe sich doch nur selbst inszenieren wollen. Dazu habe sie mich zunächst in eine lächerliche modisch-bunte Litfaßsäule verwandelt, dann den Freunden unbedingt ihr neues Auto vorführen und ihre Kenntnisse der Welt präsentieren wollen. All das, um zu zeigen, was für eine supertolle Ina sie doch sei. Und außerdem diese immerwährenden Disziplinierungsmaßnahmen in meine Richtung: Iss nicht so viel Nachtisch, das schickt sich nicht. Ich hätte ihren giftigen Blick durchaus bemerkt. Und meinen Versuch, eine Unterrichtssituation, die wir schließlich beide nicht selbst miterlebt hätten, zumindest einmal von zwei Seiten zu beleuchten, habe sie auch im Keim erstickt, als sei ich ein geschichtsloser politischer Hirni. Und dann dieses alberne Nachfragen, ob ich nicht auch gehen wolle, obwohl sie es doch schon längst beschlossen gehabt hätte, dass wir nun gehen. Aber sich dann wieder an der Haustür festquatschen ...

Die Situation geriet zunehmend außer Kontrolle. Die U-Bahn quietschte, rüttelte uns durcheinander und drohte zu entgleisen. Dann brach der Vulkan ohne Vorwarnung aus.

Was im Einzelnen passiert ist, weiß ich nicht mehr. Als die Sonne durchs Fenster schien und ich erwachte, lag Ina vor dem Sofa auf dem Boden. Neben ihrem Kopf das Kissen mit dem von ihr selbst gehäkelten Bezug. Die Flasche Whisky beinahe leer. In meinem Schädel dröhnte und pochte es.

Ich legte mein Ohr auf Inas Brust: kein Herzschlag. Ich fühlte ihren Puls: nichts. Da drückte ich ihr die Augen zu und griff zu meinem Handy.

Dieter meldete sich:

„Was ist los? Habt ihr bei uns was vergessen?"

„Nein, nichts vergessen. Tu mir bitte einen Gefallen, ruf die Polizei und schick sie zu uns."

Ehe Dieter nachfragen konnte, beendete ich das Gespräch.

Auch wenn ich mich nicht mehr an den genauen Ablauf des Schrecklichen erinnern kann, steht wohl außer Frage, dass ich Ina getötet habe. Die näheren Umstände mag das Gericht aufklären, so gut es kann.

Am meisten beunruhigt mich, ob es mir gelingt, mein Motiv begreiflich zu machen. Natürlich lässt sich sagen, dass ein Streit eskaliert ist. Eine Affekttat also. Auch Alkohol war mit im Spiel. Schließlich war die Flasche beinahe leer, wobei ich nicht sagen kann, ob ich einen Großteil des Whiskys erst nach der Tat getrunken habe. Aber wie es überhaupt zu dem Streit kommen konnte, ist für Außenstehende wahrscheinlich schwer zu verstehen. Dazu müssten sie in der Lage sein, nachzuempfinden, wie es ist, wenn man allmählich das Gefühl hat, nicht mehr man selbst zu sein. Nur noch geformt zu sein nach dem Wunschbild des

Partners. Seiner Identität beraubt zu sein.

„Warum haben Sie dann nicht die Beziehung beendet?", werden sie fragen. Eine berechtigte, naheliegende Frage, deren Beantwortung nicht leicht fällt. Natürlich könnte ich zynisch sagen, ich habe die Beziehung ja beendet, und zwar endgültig. Aber das ergäbe einen vollkommen falschen Eindruck. Ich habe Ina nicht etwa gehasst. Ich würde alles dafür tun, die Tat ungeschehen zu machen.

Dass der Vulkan so heftig ausbrechen konnte, hat seine Ursache darin, dass es mir in dieser Spirale sich stetig aufschaukelnder verbaler Aggression immer mehr bewusst wurde, wie stark Ina unser Leben prägte. Und ich wollte einfach keine Marionette mehr sein. Das habe ich ihr im Verlauf der Auseinandersetzung auch zugebrüllt. Hätte sie hierauf ein wenig verständig reagiert, hätte sie gesagt, lass uns eine Nacht hierüber schlafen und morgen in Ruhe über alles reden, dann wäre es anders gekommen.

Aber sie hat nur hysterisch gelacht.

„Was wärst du schon ohne mich? Ohne mich, mein Geld, meine Freunde und meine Familie wärst du doch ein armseliger kleiner Wicht, ein ..."

Sie suchte nach dem richtigen Wort, mit dem sie mich vernichten konnte.

„Ein Nichts wärst du, jawohl."

Das traf mich bis ins Mark. Die U-Bahn entgleiste, weil mich Inas Worte aus dem Gleis geworfen hatten. Und dann brach der Vulkan in mir aus, mit eruptiver Gewalt.

Ich weiß nicht, ob das irgendjemand wirklich verstehen kann. Aber besser erklären kann ich es nicht.

Frank Stückemann

Die Blenderin gibt euch nicht frei:
                              Ausnutzen
Wird sie euch bis zuletzt, die Flügel
                              stutzen,
Den Geist beschneiden und den Hintern
                              putzen.

Frank Stückemann

Selbstbehalt, nichts als sich selbst

Um sich zu schämen, braucht man Schamgefühl,
Doch das hat diese Bande nicht besessen.
Stattdessen wird von fremdem Gut gefressen,
Und man betreibt es als Gesellschaftsspiel.

Nie wird es langweilig und nie zuviel.
Wer schuftet, ist ein Schuft und wird vergessen,
Und klagt er, grinsen ihre fiesen Fressen,
Und weiter plündern sie in großem Stil.

Das nicht Verzehrte bleibt der Zukunft wegen
Als heimliches Vermögen anzulegen,
So dass sich Müßiggang vor Arbeit schützt.

Schuld ist, wer es verdient, wer nicht: begnadet.
Recht ist, was diesem Volk – der Mehrheit – nützt,
Und Unrecht, was diesen Schmarotzern schadet.

Von Berufs
wegen

Alex Dreppec

SPRICHWÖRTER-NEUDICHTUNG I (von bisher I) : MAN LIEBT DEN ÜBERBRINGER SCHLECHTER NACHRICHT NICHT

Kaum las man
die Depesche
bekam der Bote
Dresche.

Alex Dreppec

In der Aktentasche

Diese Tasche verlieh ihrem Besitzer ein Gefühl der Stärke. Berner blickte aus dem Fenster: alle diese Städte da unten. Würde der Inhalt seiner Tasche hier verstreut, würden sie sich in Totenstädte verwandeln. Nicht, dass er etwas gegen die Menschen da unten hatte. Aber der Gedanke erschien ihm interessant. Berner machte mit seiner linken Hand eine ausholende Streubewegung, hielt aber plötzlich inne, da er sich bewusst wurde, dass er nicht alleine war. Sein Sitznachbar hatte nichts bemerkt, er schlief. Berner hatte Menschen, die im Flugzeug schlafen können, immer beneidet. Aber jetzt hätte er gar nicht schlafen wollen, gar nicht schlafen dürfen. Er vollendete die Streubewegung, indem er so tat, als würde er sich strecken. Nicht unnötig auffal-len. Wenn auf Seiten der Adressaten des Inhalts seiner Tasche etwas schiefging, sollte sich wenigstens an ihn niemand erinnern können.

Zwei Zeilen eines alten Gedichtes, das er vor langer Zeit einmal gehört und bis auf diese Zeilen vollständig vergessen hatte, gingen ihm durch den Kopf:

„Und die Revoluzzermütze / Schob er auf das linke Ohr, / Kam sich höchst gefährlich vor".

Aus welchem Gedicht stammten diese Zeilen nur? Unwichtig. Berner kam sich nicht nur gefährlich vor, er war es. Vielleicht war er gerade in diesem Moment der gefährlichste Mann der Welt.

„Der gefährlichste Mann der Welt", wiederholte Berner leise murmelnd. Abgesehen von ein paar Präsidenten womöglich. Andererseits gab es gefährlicheres Transportgut als Plutonium. Womöglich war gerade irgendwo jemand unterwegs mit einem kleinen Reagenzglas voller Bakterien, die die halbe Menschheit vernichten konnten. Das hieße dann: nur noch zweiter Platz für Berner, denn viel mehr als hunderttausend Menschen konnte der Inhalt seiner Tasche wohl nicht umbringen.

Was man wohl für ein solches Reagenzglas voller Bakterien als Bote bezahlt bekam? Mehr als das, was Berner bekam, konnte es kaum sein, sagte er sich zufrieden. Er hatte vielleicht auch zu viele Filme gesehen: solche Reagenzgläser waren sicher gar nicht im Handel.

Er überlegte, was er wohl mit dem ganzen Geld anfangen würde. Bisher war sein Leben nicht so verlaufen, wie er sich das vorgestellt hatte. Jetzt würde er endlich die Realität seinen Vorstellungen anpassen können.

Wo das Plutonium wohl zum Einsatz kommen würde, falls die Forderungen nicht erfüllt werden würden? Falls es überhaupt für terroristische Zwecke gedacht war. So leicht, wie Berners Partner an das Zeug gekommen waren, war es aus seiner Sicht jedenfalls höchst fraglich, ob es da, wo es herkam, in besseren Händen war als da, wo es hin sollte. Diesen Gedanken mochte Berner: er war beruhigend. Die Adressaten kannte er nicht, keiner derjenigen, die das Zeug besorgt hatten, kannte sie. Sie zahlten besser als alle anderen Interessenten, das war alles, was man über sie wusste.

Aber es wäre schon recht nützlich gewesen, zu wissen, gegen wen und wo das Plutonium eingesetzt werden sollte. Es wäre schließlich schon eine Ironie des Schicksals, wenn der Zielort am Ende da wäre, wo Berner sich in der Zwischenzeit von seinem Lohn sein Traumhaus gebaut hätte. Sein „Traumhaus": geräumig, alles weiß, mit einem schönen Ausblick. Dahinter ein Swimmingpool, den man von keiner Seite einsehen konnte.

Jetzt blinkten die Signale auf: anschnallen, Landeanflug. Der vor ihm liegende Flughafen war nur eine Zwischenstation, er würde in drei Stunden weiterfliegen. So wurde zwar die Spur seiner Partner etwas zerstreut, die Gefahr eines Unfalls war dafür aber leicht erhöht, und letztlich hatte er die Verantwortung zu tragen. Außerdem war er so länger dem Teil der Strahlung ausgesetzt, der trotz Abschirmung nach außen drang. Es hätte auch einen Direktflug gegeben, aber Berner hatte sich nicht durchsetzen können.

Immerhin musste er nicht auf Gepäck warten. Er mimte den Geschäftsmann, der nur mit einer Aktentasche und einer weiteren kleinen Tasche mit dem Allernötigsten unterwegs war. Beides befand sich im Handgepäckfach, direkt über ihm. Die Aktentasche war sehr schwer durch das Plutonium, das trotzdem wegen seiner sehr hohen Dichte wenig Platz einnahm. Und dann noch der Schutzmantel. Er hatte üben müssen, die Tasche so zu tragen, dass ihr Gewicht nicht auffiel.

Das Plutonium selbst befand sich in einem Behälter aus Blei und Stahl, der die Form einer Thermoskanne hatte. So würde die Tasche beim Durchleuchten des Gepäcks wahrscheinlich nicht auffallen. Trotzdem gab es eine Strategie für den Notfall, denn diese „Thermoskanne" durfte natürlich nicht geöffnet werden, was glücklicherweise auch gar nicht so leicht möglich war. Er hatte ein Zertifikat eines chemischen Instituts dabei, in dem stand, dass sich in dem Behälter eine kostbare chemische Verbindung befand, die bei Kontakt mit der Luft zerfallen würde. Berner hoffte, dass es nicht soweit kommen würde – oder dass zumindest er den Behälter dann nicht würde anfassen müssen, denn dieser hielt, obwohl er speziell für diesen Transport konstruiert worden war, nicht alles ab.

Die Aktentasche selbst war zur weiteren Abschirmung der Strahlen präpariert worden. Dabei hatten Berners Partner nur die Möglichkeiten nutzen können, die beim Durchleuchten nicht auffielen. Unter das Kopfkissen hätte sich Berner die Aktentasche nie gelegt. Es war nicht ratsam, sich länger als unbedingt notwendig bei ihr aufzuhalten. Na ja, bald würde es überstanden sein.

Das Flugzeug landete sanft. Berner wartete, bis die meisten Passagiere ausgestiegen waren, aber nicht alle – letzter zu sein wäre zu auffällig gewesen. Dann nahm er sein Handgepäck aus dem Fach. Bevor er sie herunterhob, wischte er kurz den Griff ab. Ob das gegen die Strahlung half, wusste er nicht, aber es beruhigte ihn. Dann bewegte er sich auf den Ausgang zu, verabschiedete sich von der dort stehenden Stewardess und trat ins Freie. Die erste Etappe ist geschafft, dachte er sich. Er blickte nicht nach unten, verfehlte knapp die zweite Treppenstufe und stürzte. Da er die Aktentasche krampfhaft festhielt, rutschte er mehrere Stufen hinab, bevor er sich mit Hilfe der herbeigeeilten Stewardess wieder fangen konnte. Es war nichts passiert, eine Schramme an der rechten Wade, das war alles. Trotzdem war er totenbleich. Das fiel offenbar auch der Stewardess auf. Berner beeilte sich zu versichern, dass alles in Ordnung sei und lief zu dem Bus, der die Passagiere zum Terminal bringen sollte.

Eigenartigerweise war er beruhigt: er hatte vorher das Gefühl gehabt, dass irgendetwas schiefgehen würde. Auf sein Gefühl gab er viel. Das war wohl die erwartete Panne gewesen – und sie war glimpflich verlaufen.

Es erschien Berner noch zu früh, sich in den Wartesaal für seinen Anschlussflug zu begeben. Er wollte die Aktentasche für die kommenden zwei Stunden in einem Schließfach verwahren. Daher stellte er sich an einem Informationsstand an, um den Standort der Schließfächer zu erfragen. Er ärgerte sich darüber, dass nicht jemand die ganze Strecke vorher einmal abgeflogen war, um solche Details zu klären. Aber am Schluss war es mit der Abwicklung des ganzen Geschäftes doch recht schnell gegangen, sodass wenig Zeit zur Vorbereitung geblieben war.

Berner stellte die Aktentasche zwischen seinen Beinen ab

und ließ sie nicht aus den Augen, sodass er ständig zu Boden blickte, unterbrochen nur von kurzen, sondierenden Rundblicken.

Dieses Verhalten vermittelte den Eindruck, als ob sich in der Tasche etwas wirklich Kostbares befand. So erschien es jedenfalls einem in der Halle wartenden Mann, der sich besondere Mühe gegeben hatte, ein geeignetes, möglichst wertvolles Objekt für sein Vorhaben zu finden, denn er konnte nur einmal zuschlagen. Dieser Mann näherte sich Berner nun von hinten. Er wartete einen geeigneten Augenblick ab, dann machte er einen Satz, riss die Aktentasche von hinten zwischen Berner Beinen heraus und rannte augenblicklich davon. Er war trainiert, das gehörte zu seinem Job, und bevor Berner überhaupt begriffen hatte, was passiert war, war er schon zwanzig Meter entfernt. Berner schrie und rannte hinter dem flüchtenden Dieb her, jedoch war dieser schneller und verließ das Flughafengebäude in Richtung U-Bahn-Netz. Es dauerte nicht lange, bis Berner auch den Sichtkontakt verlor. Die ganze Zeit hatte er „Haltet den Dieb" gerufen, in seiner Panik jedoch auf Deutsch. Niemand hatte ihm geholfen. Er erblickte einen Uniformierten, dem er mit einiger Mühe klar machen konnte, was passiert war. Dieser sagte zwar etwas in sein Funkgerät, forderte Berner dann jedoch seelenruhig auf, ihm in sein Büro zu folgen und Anzeige zu erstatten. Mit langsamen Schritten ging er voran, während Berner alle Mühe hatte zu verbergen, dass er nahe daran war, vollkommen durchzudrehen. Nie im Leben war ihm etwas schwerer gefallen, als sich der nun folgenden Prozedur zu unterziehen: Personenbeschreibung, Inhalt der Aktentasche, formelle Anzeige, all das mit Sprachschwierigkeiten. Er verlor jede Hoffnung, die Tasche jemals wiederzusehen. Außerdem: wenn die Polizei sie wiederfinden würde – würde sie dann nicht gründlich untersucht werden?

Nachdem er sich aus dem Büro geschleppt hatte, setzte er sich hin. Einer seiner Geschäftspartner hatte immer zu ihm gesagt: „Wer auf dieser Ebene Geschäfte macht, darf nicht zimperlich sein". Er wusste, was das bedeutete und dachte daran, auf der Stelle unterzutauchen. Er hatte eine gewisse Summe Geld bei sich für den Fall, dass er versuchen müsste, jemanden zu bestechen, oder dass sonst etwas schiefgehen würde, das man mit Geld beheben konnte. Mit diesem Geld würde er eine Weile durchkommen. Vielleicht könnte er sich sogar in der Stadt umhören und versuchen, die Aktentasche zurückzukaufen. Wenn man sich nach ihm gerichtet hätte, wäre das nicht passiert, dachte er. Er hatte vorgeschlagen, die Aktentasche durch eine abschließbare, kleine Kette mit einem Armband zu verbinden. „Zu auffällig", hatten ihm seine Partner gesagt.

Erst einmal raus aus dem Flughafen. So niedergeschlagen er auch war, er dachte fieberhaft nach. War der Dieb am Ende von den Adressaten des Plutoniums beauftragt – oder von jemand anders, der Bescheid wusste? Es hatte sich zwar um einen geübten Profi gehandelt, trotzdem war er wahrscheinlich doch ein ganz gewöhnlicher, kleiner Dieb. Was bedeutete das?

Die Aktentasche war auch ohne Schlüssel wohl zu öffnen. Aber ihr Inhalt war, abgesehen von dem Plutoniumbehälter, völlig uninteressant. Dieser Behälter war durch einen äußerst ausgeklügelten Mechanismus verschlossen – und ohne dessen Kenntnis und bestimmte Hilfsmittel, die Berner am Körper trug, sehr schwer zu knacken. Aber das würde einen Dieb wahrscheinlich nur anspornen, je schwieriger der Behälter zu öffnen war, umso mehr würde dieser denken, dass etwas ganz besonders Wertvolles darin sei. Und damit hatte er ja unter einer gewissen Perspektive auch Recht. Er würde es also irgendwie schaffen. Und dann? Berner blieb stehen. Er war sich nicht mehr sicher, ob er in die richtige Richtung lief. Er dachte weiter nach. Wenn es dem Dieb gelang, den Behälter auf mechanischem Weg zu öffnen ... massenweise Plutonium an der freien Luft. Wenn er ihn dagegen auch noch aufsprengen würde ... So oder so, jetzt war er sich sicher, dass er in die falsche Richtung gelaufen war. Er rannte zurück zum Flughafen, nur einen Gedanken im Kopf: weg, irgendwohin schnell weg, weit weg.

Harry Michael Liedtke

Niemand ist unverwundbar

Schade um ihn. Er war so fesch, so süß. Aber er hatte es sich selbst zuzuschreiben. Wie er sie behandelt hatte, war nicht nur unkorrekt, sondern schlichtweg fies gewesen. Hundsgemein und unanständig, und das in voller Absicht. Was ihm jetzt widerfuhr, war das Echo darauf. Sie zahlte nur zurück. Damit hatte er nicht gerechnet. Unangreifbar hatte er sich gewähnt in seiner Eigenschaft als Big Boss. Typisch Mann. Aber keine Führungsposition ist so einflussreich und bedeutend, dass man es sich leisten kann, seine direkten Untergebenen zu verprellen. Wenn jemand die Schwächen des Anführers kennt, dann die Leute aus seinem engsten Mitarbeiterkreis. Niemand ist unverwundbar. So weit oben kann man gar nicht thronen, als dass man nicht wieder heruntergeholt werden könnte. Man muss sich als abhängig Beschäftigter nur mal trauen, dann kann es sehr schnell gehen mit dem Abstieg des untragbar gewordenen Gebieters. Dr. Hagen Bernauer zum Beispiel befand sich gerade im freien Fall, und sein Aufschlag würde heute erfolgen. Es konnte sich bloß noch um Minuten handeln.

Simone Marin war zwar auf Rache aus, aber sie verspürte auch Bedauern. Als sie vor knapp anderthalb Jahren Dr. Bernauer als persönliche Sekretärin zugeteilt worden war, hatte sie gedacht, sie hätte das große Los gezogen. Ein verantwortungsvoller Job, eine Gehaltsaufstockung und ein netter, höflicher Chef – in ihrer Einarbeitungsphase hatte sie noch den Göttern für ihr Glück gedankt. Doch nach drei rosaroten Wochen war bereits Schluss mit lustig gewesen. Ihr erster Anschiss hatte sie unsanft in der harten Realität ankommen lassen.

Bernauer hatte sich als launischer Zeitgenosse entpuppt, oft ungerecht, gern herabsetzend und ungemein cholerisch. Ein Wichtigtuer war er, ein Faktenverdreher, ein Zankteufel vor dem Herrn. Wenn etwas daneben ging, waren grundsätzlich die anderen schuld. Dabei machte er selbst die meisten und auch die schlimmsten Fehler. Aber das zählte nicht. Die Verantwortung für Irrtümer und Missgeschicke wurde von ihm geschickt abgewälzt. In der Regel nach unten. Oft zu ihr. Dann ging das Schreien los. Und wie! Darin war er ein Meister. Die rüdesten Schleifer beim Militär hätten bei ihm noch in die Lehre gehen können. Simone konnte schon nicht mehr zählen, wie oft er sie mit seinem unflätigen Gezeter an den Rand der Tränen und darüber hinaus gebracht hatte. Zu Anfang, jaaaa, da hatte er sich wie ein echter Gentleman benommen. Die Freundlichkeit in Person war er gewesen. „Machen Sie mir doch bitte einen Kaffee, Fräulein Marin. Und genehmigen Sie sich auch ein Tässchen." Gezirpt wie ein Rotkehlchen hatte er damals, und das nicht bloß, wenn er was wollte! Hach ja ...

Sie hatte sich sogar ein bisschen in ihn verschossen. Er sah ja auch blendend aus mit seiner drahtigen Figur und den graumelierten Schläfen. „Meine Hübsche", hatte er sie oft genannt. Heute war sie bloß noch „die blöde Fledermaus aus dem Vorzimmer". Direkt daneben hatte sie gestanden, als sie von ihm so gemein betitelt worden war. Vor der gesamten Führungsriege der Firma hatte er sie heruntergeputzt. Mit einem Grinsen, das sich in Sachen Überheblichkeit unmöglich überbieten ließ.

„Na warte", hatte sie sich gedacht, „Fledermäuse haben Krallen, und meine wirst du spüren." Alle anderen Gemeinheiten hatte sie hingenommen, ohne sich zu beklagen: ungerechtfertigte Vorhaltungen wegen verklüngelter Akten, Schmähungen in Bezug auf ihr unscheinbares Äußeres, sein Macho-Gehabe, frivole Scherze, die vielen erzwunge-

nen Überstunden, verweigerte Urlaubstage und und und …
Nicht etwa aus Angst hatte sie gekuscht, o nein, sie hatte
lange Zeit alles still geduldet, weil er für sie nach wie vor
ein toller Hecht gewesen war. Sein ekliges Verhalten hatte
te sie seinem Riesenstress zugeschrieben – und verziehen.
Heute schalt sie sich dafür eine dumme Kuh. Erst die Bloß-
stellung auf der Chefetage hatte ihr die Augen geöffnet.
Und zwar weit!

Fortan war Dienst nach Vorschrift ihre Maxime gewesen.
Nix mehr mit Überstunden. Um Punkt vier war ihr Arbeitstag seither beendet. Auf die Minute! Grundgütiger, was
hatte das für Schimpfkanonaden zur Folge gehabt. Aber
sie hatte sich nicht mehr einschüchtern lassen. Im Gegenteil! Sie hatte begonnen, ihn schlecht aussehen zu lassen.
Es erforderte nicht viel detektivische Vorarbeit, um Bernauers Achillesfersen zu erkennen, und kaum Mühe, die ge-
wünschten verfänglichen Situationen zu arrangieren.

Es war fast zu einfach. Zudem hatte sie ja nichts zu verlieren außer einem Job, der sie krank machte. Wenn man
sie eh schon für Verfehlungen fertigmachte, die sie nicht
zu verantworten hatte, dann konnte sie diese Schnitzer
auch tatsächlich begehen. Sie gab Bernauer falsche Aktenordner mit, wenn er in wichtige Sitzungen ging. Sie
unterrichtete ihn über dringende Termine auf den letzten
Drücker. Telefonate leitete sie des Öfteren nicht weiter.
Natürlich durfte sie bei diesen Aktionen, die direkt in den
Arbeitsablauf eingriffen, nicht übertreiben. Hätte sie es
zu toll getrieben, wäre rasch erkannt worden, dass sie die
Störungsverursacherin war. Ferner hatten ihre Nadelstiche
die Haut des Elefanten bestenfalls leicht irritiert, Bernauers Arroganz war durch all dies nicht schwächer geworden.
Also hatte sie ihre Taktik verändert. Ihre Attacken waren
härter geworden, ihre Sabotageakte persönlicher. Seine E-
Mail-Postfächer flutete sie mit Spam. Sie sorgte dafür, dass
sein Drucker ständig funktionsunfähig war. Mittels eines

anonymen Briefes hetzte sie ihm das Finanzamt auf den Hals. Sie streute üble Gerüchte wie etwa, dass ihr Chef ein Alkoholproblem oder eine Geschlechtskrankheit habe. Sie zerstach gar die Reifen seiner Nobelkarosse.

Bei all dem hatte sie nicht die Spur von Unrechtsbewusstsein. Schließlich war sie das Opfer. Sie wehrte sich nur. Sie steigerte sich sogar regelrecht in ihren Revanchismus hinein. Ihre hilflose Wut wandelte sich in grimmige Euphorie. Fast wünschte sie sich weitere Bodenlosigkeiten Bernauers, damit sie Gründe für Vergeltungsmaßnahmen hatte. Und die kamen! Bernauer wurde immer unerträglicher. So schaukelten sie sich gegenseitig hoch, er unbewusst, sie vorsätzlich. Jede gelungene Aktion brachte sie in Hochstimmung. Ihr Belohnungszentrum im Gehirn kam mit der Sendung positiver Signale gar nicht mehr hinterher. Bald rauschten die Glückshormone nur so durch ihren Körper. Herrlich!

Dann kam die Mordsgelegenheit für den Todesstoß. Schade eigentlich, dass der Kampf nun zu Ende ging. Sie hatte das Gefühl wachsender Stärke so genossen. Aber man muss auch loslassen können. Eine außerordentlich wichtige Geschäftspräsentation stand an. Der Auftrag, um den es dabei ging, durfte auf gar keinen Fall versaubeutelt werden. Für Bernauer die große Chance, sich zu rehabilitieren und in den höchsten Führungszirkel zurückzukatapultieren, nachdem es in den letzten Monaten so viel Trash-Talk um ihn gegeben hatte wegen der überhand nehmenden Pannen in seinem Verantwortungsbereich. Allerdings war der Vortrag auch seine letzte Chance. Für ihn galt: Alles gewinnen oder alles verlieren! Simone wusste bereits jetzt, wie die Sache ausgehen würde. Dessen ungeachtet wartete sie gespannt. Sie hatte noch nie das Gesicht einer lebendigen Leiche gesehen.

Sie feilte sich gerade in bester Sekretärinnenmanier die

Nägel, als die Tür zu ihrem Vorzimmer aufgestoßen wurde. Bernauer trat ein und taumelte direkt durch in sein Büro. Wortlos, totenbleich, vor Schweiß triefend, mit pfeifendem Atem und glasigen Augen! Wow, das war ja besser gelaufen als gehofft. Die interaktive Folienpräsentation, die Bernauer im Rahmen des Superdeals auf einer Konferenz aller Gesellschafter durchführen sollte, hatte sie mit falschen Geschäftszahlen unterfüttert. Dem Aussehen ihres Herrn und Meisters nach war das tolle Geschäft wohl geplatzt. Und Bernie gleich mit. Bumm!

Ein bisschen tat er ihr trotz allem Leid. Sie war ja schließlich nicht aus Stein. Unmittelbar vor der Konferenz hatte sie sogar ernsthaft mit dem Gedanken gespielt, den Tagungssaal zu stürmen und ihrem Chef doch noch im letzten Moment das korrekte Datenmaterial zukommen zu lassen. Aber dann waren ihr all die Demütigungen durch den Kopf geschossen, und sie war standhaft geblieben. Nein, fürwahr, Bernie war fällig gewesen. Er hatte seine Erniedrigung verdient.

Was wohl nun mit ihm geschehen würde? Nun, seine Position war zu hoch gewesen, als dass es Bernauer beschieden war, wie ein gewöhnlicher Sterblicher beim Arbeitsamt in der Schlange würde stehen zu müssen. Aber er war jetzt eben keine Führungskraft mehr. Wenn er nicht von sich aus seine Kündigung einreichte, würde ihm der Unternehmensvorstand einfache jegliche Verantwortung und alle Verpflichtungen nehmen. Dann durfte Bernie in der Firma bloß noch seine Zeit bis zur Rente absitzen – ohne Weisungsbefugnis, ohne Einfluss und ohne Aufgaben. Zu dem Gefühl der bloßen Duldung würde sich die Häme des Kollegiums gesellen und sein Selbstverständnis als Macher vollständig den Bach runtergehen. Den gesamten Arbeitstag über nur gähnende Langeweile spüren, das würde Bernie nie und nimmer durchstehen. Dafür dirigierte er zu gern. Simone war sich ziemlich sicher, dass der

Mann, der gegenwärtig ganz entgegen seiner Art keinen Mucks von sich gab, in absehbarer Zeit ihr Ex-Boss sein würde. So long, Mistkerl!

Wer wohl ihr nächster Chef werden würde? Simone spekulierte auf Dr. Klaas. Ja, der würde ihr gefallen. Nach allem, was man so hörte, sollte er ein fairer Vorgesetzter sein und von seinen Untergebenen keine Unmöglichkeiten verlangen. Aber eigentlich war ihr jeder recht, der sich nicht so grässlich danebenbenahm wie Bernie. Hauptsache, sie wurde freundlich und mit Wertschätzung behandelt, und das nicht bloß in den ersten Wochen. Und sollte sich herausstellen, dass ihr neuer Boss auch nur wieder so ein Spinner war, der glaubte, es sei schon Motivation genug, wenn er einmal im Jahr zur Weihnachtsfeier eine Flasche Prosecco spendierte, nun, sie war kampferfahren und gut gerüstet. Dann würde eben bald der nächste Potentatenkopf rollen.

Ralf Burnicki

Der Chefteddy

Da niemand mit ihm spielen wollte, brachte sich der Stopf-teddy bei, aus dem Gesicht zu furzen, nannte das Sprache und erhielt auf diese Weise etwas Aufmerksamkeit, aber keine Freunde. Um Freunde einzutreiben, wollte er Gott werden, allerdings scheiterten Selbstversuche kläglich. In heftiger Liebe zu einem Tischbein entbrannt, endeten Kontaktbemühungen tragisch, denn das Tischbein beant-wortete seine Hoffnungen nicht. Nun fantasierte er davon, Tischbeine in Frühstückgrütze zu verwandeln. Das ging nicht gut, und ein Nachttisch brach unter seinem Ansturm zusammen. Und wie sie so darniederlagen, mochte er kei-ne Tischbeine mehr, und er übte, eine Stuhlkante zu küs-sen, doch diese betrog ihn mit einer Fliege. Noch immer allein, gab er seinen Blähungen Namen und versammelte sie regelmäßig um sich, um ihnen die Welt zu erklären. Bei solchen Versammlungen schlief er regelmäßig ein, gleich-wohl gewann er ein positives Verhältnis zu sich selbst.

In Ermangelung von Zuneigung verliebte er sich in sein Spiegelbild und kratzte sich versehentlich einige Erinne-rungen auf, was ihn zwar kleiner, jedoch nicht bescheide-ner werden ließ. Prompt gründete er einen Club der Bes-serwisser, nur blieben Mitglieder aus, da er alles am besten zu wissen glaubte. Weil die Zeit reif war und die Pubertät neue Temperaturschwankungen anlieferte, befahl der Ted-dy eines Tages sämtlichen Bauklötzen, sich zum Papsttum zu bekennen und ihm stets zu gehorchen. Damit er sich dem Himmel gegenüber (dessen Heiterkeit durchs Fens-ter fiel) als heilig erwies, versprach er, sich nicht mehr vor

Tischbeinen auszuziehen, was sich rasch als Lüge entpuppte. Da er somit nicht zum Papst berufen war, begann die Militarisierung des Zimmers mit einem Rülpser an stillgestandene Bauklötze und dem Versuch, Sitzkissen mit Flüchen zum Fliegen zu bringen. Aber die künftige Luftwaffe blieb am Boden, obwohl er mit der Bildung von Nebensätzen drohte.

Weil er von einer Welt ohne Widerworte träumte, wollte ihn die Pubertät nicht loslassen, darum nahm er sie mit bis ins späte Alter hinein. Am Ende des Flurs, der vom Kinderzimmer abstand und den er für eine göttliche Einladung hielt, erreichte er die Bekanntschaft einer Toilettenschüssel, erkannte die innere Verwandtschaft und legte ein Gewölle vor sie hin. Diese Leistung verringerte seine ausgestopfte Existenz, andererseits machte ihn jede Gedankenlosigkeit glücklich. Nachdem er das Klo zurecht gebrüllt hatte, stand einer Thronbesteigung nichts mehr im Wege, bei der er sich mit etwas aufgefundenem Stiefelfett zum beispiellosen Rotzlöffel salbte. Zum Beweis seiner Einzigartigkeit wies er Geräusche an, vor ihm niederzuknien und stieß fortan weitere Gewölle aus, die am Rand der Klosettschüssel abschwollen. Und mit jedem Ausstoß klein und kleiner werdend rutschte er tiefer in den Lokus, was er als Schmeichelei empfand. Bis ein gnädiger Nachmittag die Spülung zog.

Didi Costaire

Ellenbogen
(Teil XI des Sonettkranzes "Standort-
bestimmung")

Geprägt von Ignoranz und Eigensinn
verdient sich mancher Vorstand dumm und dämlich.
Er trennt sich vor der Pleite einvernehmlich
und findet sich damit gut ab. Chin-chin!

Ihn plagt nur die gefühlte Steuerlast,
sieht er sich doch als echten Leistungsträger
und übergeht den kleinen Fliesenleger,
wird höchstens rot, wenn der vor Neid erblasst,

verweist auf die geballte Kompetenz,
die wir in Deutschland heute dringend brauchen
im Wechselspiel globaler Konkurrenz.

Bei starker wie bei schwacher Konjunktur
sind nur die Schwachen immerzu am Krauchen.
Der Mensch verkommt zur tragischen Figur.

Didi Costaire

Wir stellen ein

Ich lese gern den Stellenteil.
(der Arbeitsmarkt ist angespannt)
Wer sucht, der findet einen Job.
(als unbezahlter Praktikant)
Das geht doch heutzutage schnell.
(denn Zeitarbeit nimmt überhand)
Ein Team-Player wird stets gebraucht
(man hat ihn früher Knecht genannt)
und Abwechslung ist garantiert.
(die Putzfrau wurde längst verbannt)
Die Aufstiegschancen sind enorm,
(der Einstiegslohn nicht so brillant)
besonders als dein eig'ner Boss.
(hier sind Gehälter unbekannt)
Man sollte nur flexibel sein,
(der Chef wirkt äußerst penetrant)
belastbar unter jedem Druck,
(Kollegen sind oft intrigant)
dynamisch und das immerzu.
(die Nachbar-Werkbank bleibt vakant)
Die Firma ist es schließlich auch.
(sie fährt mit Volldampf an die Wand)

Jutta Krähling

Cliffhanger

Sein letzter Zug. Zu viel auf die Karte Kunst gesetzt, um jetzt zu verlieren. Sein Entschluss steht. Es ist in Ordnung, wenn an der letzten Karte Blut klebt.

Nachtfahrt im Regen. Die Minuten tropfen auf die Windschutzscheibe.

Fahren. Richtung Autobahn fahren. Nicht umkehren. Weiterfahren.

Er hat keine Wut auf den Fatzke. Aber er steht im Weg.

Er hat versucht ihn wegzuloben und ihm die Unterlagen für die Filmhochschule Potsdam besorgt. Seinen Film demoliert. Versucht, ihn aus der Gruppe zu ekeln. Aber der Fatzke bleibt dickfällig an seinem Idiotenjob und den Kurzfilmen kleben. Und jetzt wird er der Kunst geopfert.

Landstraße. Weiterfahren bis zur Autobahnauffahrt. Er muss den Preis bekommen. In zwei Jahren wird er fünfzig. Es reicht nicht, begabt zu sein. Er braucht Erfolg. Ein Beweis muss her. Der Beweis, dass er Künstler ist.

Diesen Kurzfilmpreis. Nicht einen von Stadt, Land, Kirche – nein, diesen Preis, der beweist, dass er originell, intellektuell und verdammt noch mal am Leben ist.

Der Veranstaltungskalender der Programmkinos klebt immer an Linas Küchenwand. Sie kommt oft zu Konzerten und Lesungen hier her. Der Preis steht für wertvoll, für wahre Kunst, und sein Foto hinge auf dem Platz neben An Hopkins und Maya Deren. Das würde Lina umhauen.

Natürlich will er den Fatzke nicht umbringen. Er wollte nicht mal den Kerl umbringen, mit dem Lina abgezogen war.

Er hätte sich nicht mit Lina einlassen dürfen. Mit der rotblonden Mähne und dem geilen Hintern spielte sie eindeutig nicht in seiner Liga. Mit ihm hatte sie nur das Bett zerwühlt, weil sie nach einem Konzert draußen vor der Halle fast umgekippt wäre. Und er war natürlich zur Stelle und sie hatte auf seine Jacke gekotzt und auf ihre Schuhe. Und sich danach so minderwertig und scheußlich gefühlt, dass er sie abschleppen konnte.

Nur acht Wochen hatte das Ungleichgewicht gehalten und dann war sie weitergezogen, während er jede Nacht die Fotos von ihrem Körper anglotzte, die er in der ersten, der verliebten Woche geschossen hatte. Wie dämlich, auf ihre Rückkehr zu warten.

Er würde mit Mariza zur Preisverleihung gehen. Sie langweilt ihn mit ihren Buchstabenfilmen, kann nie vergessen, dass sie eigentlich Lehrerin ist und keine Chance auf den Filmpreis hat. Aber was soll es, dafür trägt sie einen brasilianischen Prachtbusen, und er würde gucken, ob der nicht mit auf das Foto könnte.

Die Autobahn dehnt sich wie ein ausgeleiertes Gummiband. Weiterfahren.

Der Fatzke liegt jetzt auf seinem Sofa. Schlafend? Tot?

Der Fatzke besitzt einen Job, eine knackige Freundin und Eltern, die ihm einen verdammten Porsche 911 geschenkt haben. Soll der sich doch in Berlin oder Hamburg beweisen. Aber diese Stadt ist sein Teich. Irgendwo muss man die Nummer Eins sein. Wenigstens hier. Hier, wo in jeder Kneipe der Stadtschmäh blüht und viel von Berlin oder dem Meer gefaselt wird. Eine Stadt, die Großstadt genug ist, dass sie unbeschadet Woche für Woche geschreddert werden kann.

Was bleibt jetzt noch?

Es gibt ein Foto von ihm selbst nach dem bestandenen Lehramtsexamen.

Die Schüler mochten ihn, eine Stelle lag wie auf dem Tablett vor ihm und seine erste Fotoausstellung hing im Rathausfoyer. Ein Sunnyboy mit Haaren. Mit Frauen.

Aber während er kämpfte, alle Türen offen zu halten, nannte sein Kind einen anderen Papa. Freunde stiegen die Karrieretreppe hoch und gründeten Familien. Sie stöhnten unter dem Druck und gewannen an Gewicht.

Währenddessen durchzog er die Nächte und entwickelte Schwarzweißfotos. Später Kurzfilme.

Vor fünf Jahren war er in ein jämmerliches Loch gezogen, um sich eine neue Ausrüstung leisten zu können. Eine Eineinhalbzimmerwohnung, in der das Zimmer sein Studio ist, während er auf einer Bettcouch in der Küche schläft.

Kunst verlangt Opfer.

In einem Gedicht von Goethe, in dem dieser Schillers Schädel in der Hand hält, ist viel von dessen Großartigkeit und Göttlichkeit die Rede. Da gibt es keine Zeile über den Triumph, jetzt der Erste, der Beste, der Einzige zu sein. Goethe hätte nicht Goethe sein können, nicht neben jemandem, der jünger war und mutiger und kühner schrieb. Im Tod sollte man dem Rivalen natürlich Tribut zollen.

Verdammt, weiß irgendjemand, wie viele Tage und Wochen in einem Zweiminutenfilm stecken?

Heute küsst die Künstler keine Muse, nein, eine Domina treibt die Schaffenden vorwärts, unerbittlich melkt sie ihnen den Lebenssaft heraus.

Was bleibt ihm noch? Wie viel Zeit bleibt noch? Hinter ihm drängt eine ganze Schlange von Jugendlichen, die ihre Filme ins Netz stellen und jede Woche eine neue Story zusammenklatschen.

Ein Künstler, okay, verkannt und okay, verarmt – vielleicht ein komischer Kauz, okay – aber das ist er. Aber Alkoholiker und Obdachloser – nein, das wird er nicht ertragen. Er wird nicht zulassen, dass irgendjemand einen Kübel Mitleid über ihn auskippt.

Verdammt, schließlich macht man Kunst, um die Achtung

von jemandem zu erringen.

Und es darf nie so weit kommen, dass Frauen wie Lina ihn bedauern. Er braucht diesen Preis, um sichtbar zu bleiben.

Nur LKWs auf der Autobahn. Eine endlose Schlange von West nach Ost. Er hängt sich an einen dicken Polenbrummi und tuckert mit neunzig hinterher. Er guckt nur auf die Stoßstange, das Lichtflirren der Überholenden springt ihm unter die Schädeldecke.

Der Fatzke zog die anderen Kurzfilmer in seinen Bannkreis. Mit seinem zügigen Trinken und seinem dröhnenden Lachen. Er ist gerade jung genug, ein Drogenopfer zu werden. Vollgedröhnt mit Alkohol und Amphetaminen.

Der Fatzke hat nur diesen einen Clou gelandet, indem er ein Kartenspiel verfremdete. Eine simple Idee. Froschperspektive; die Karten rieseln langsam von der Decke, verwandeln sich in Fratzen und Tiermasken, bevor sie sich vermengen, um zu tanzen und zu streiten.

Der Ton – Hammer. Eine Frauenstimme, die singt und seufzt, kreischt und schnurrt und höhnisch lacht, als Herzkarten von einem dicken Kreuzbuben erstochen werden.

Keine Chance gegen die Farbqualität der Bilder und diese Stimme. Ein meisterhafter Kurztraum zwischen Alpdruck und Zuckerwatte.

Aber der Fatzke blieb unsicher und wollte tatsächlich einen Rat von ihm.

Und er hackte den Film klein. Zerstampfte ihn. Lachte an den unpassenden Stellen und höhnte:

„Das kannst du jetzt nicht bringen."

Und er überzeugte ihn, dass ein Patiencespiel am PC nun wirklich eine lahme Idee ist. Er sorgte dafür, dass der Fatzke die geilsten Bilder herausschnitt.

Das schenkte ihm eine Woche Erleichterung. Aber vielleicht blieb der Fatzkefilm trotzdem besser. Die Unbeküm-

mertheit der Dummen, die so leicht die Hindernisse nehmen.

In seinen Kurzfilm hat er elf Monate gesteckt, so oft von
vorne angefangen, geändert, gezweifelt, dass er nicht
mehr wusste, ob die Endfassung stärker als die Erstversion
wirkte.

Weiterfahren. Froh, im Auto zu sitzen. Der Pole zieht be-
ständig vorwärts, ohne dass sich die Tachonadel bewegt.
Schläft er in seinem Auto? Die Nacht gehört den Wachen-
den.

Den meisten Menschen ist es zu mühsam, böse zu sein.
Aber ihre Trägheit bedeutet nicht, dass sie gut sind, sonst
würden sie sich nicht pausenlos Fernsehkrimis und Ac-
tionspiele reinziehen.

Verdammt anstrengend, jemanden aus dem Verkehr zu
ziehen; allein zwei Wochen hat es gedauert, um die Tablet-
ten zusammenzukriegen. Vierhundert Euro Einsatz, wenn
man die Fahrtkosten einrechnete. Bochum, Dortmund,
Köln – unbekanntes Gebiet. Discos, in die er nicht hinein
durfte und rotzjunge Dealer, die ihn schmierig angrins-
ten und ihm das Zeug überteuert verkauften. Wenigstens
wusste er, worauf es ankam. Nicht umsonst hatte seine
Wohngemeinschaft damals eine Literflasche MDA und
eine halbe Flasche MDMA in der Speisekammer gebun-
kert. Direkt aus dem Darmstädter Labor. Reines Zeug. Edel.
Genug Ecstasy, um die halbe Stadt unter Rausch zu setzen,
wenn nicht der blöde Köter einen Großteil gesoffen hätte.

Einfach weiterfahren. Bald geht die Sonne auf und die
Berufstätigen, die glücklichen Ameisen, krabbeln über die
Straßen. Zeit, von der Autobahn abzufahren.

Es war klug eingefädelt. Er hatte die Kurzfilmer ins Forum
eingeladen. Sie feierten, dass die fertig gestellten Filme am
Montag eingereicht werden konnten. Er spendierte Bier.
Der Fatzke hielt eine Dankesrede auf ihn. Noch mehr Bier.

Und Whisky. Gelacht. Mariza tanzte sogar und versuchte, ihm die Zunge ins Ohr zu stecken.

Den angetrunkenen Fatzke hatte er auf dem Heimweg wie zufällig aufgegabelt und nach Hause begleitet.

Intensivstation? Magen auspumpen? Konnte er noch mal wach werden? Könnte er ihn noch retten?

Er sorgte dafür, dass der Fatzke kein Wasser trank. Nur Hochprozentiges.

Tot? Das Wort hämmert in seinen Schläfen. Autofahren. Besser, als im Bett zu liegen.

Warten. Auf die Entscheidung.

Weiterfahren. Die Landstraße wirft ein schwarzes Band. Er sieht den Asphalt wie einen Deich. Vielleicht liegen dahinter keine Wiesen und Felder, sondern die Straße bröckelt zur Seite ab und die Autos stürzen in Dunkelheit, wenn sie vom Weg abkommen.

Verdammt. Fast geschafft. Zusammenreißen. Sein Magen bringt ihn um. Trotzdem braucht er jetzt Kaffee. Die Hölle. Immer weiter fahren. Ohne Ziel.

Lebt er noch?

Er hätte nicht in die Wohnung gehen sollen. Wollte nicht wissen, dass der Kosename des Fatzke Andy lautete und dass Andy in blauen Socken umher lief.

An der linken Zehe klaffte ein Loch.

Er hatte das Zeug in Wodka gelöst und es ihm gegeben. Nachdem sie viel getrunken hatten. Der Fatzke wirklich, während er dagegen sein Zeug in die Bierflasche spuckte. Bevor er ging, leerte er die Mineralwasserflaschen aus und drehte den Wasserhahn so fest zu, dass ein Betrunkener ihn nicht aufdrehen konnte. Die Wodkaflasche blieb auf dem Tisch, aber er wischte mit dem Handtuch seine Fingerabdrücke weg.

Als er die Wohnung verließ, schnarchte der Fatzke auf dem Sofa. Widerwillig trat er ihm einmal gegen den blauen Mausfuß. Keine Reaktion.

Wirkte das Zeug schon?

Vorsichtig durch den Hausflur geschlichen. Ohne Licht. Sein Glas und die Flasche in den Container zwei Ecken weiter geschmissen.

Danach wieder im Forum aufgetaucht. Geraucht. Gegrinst. Ihm war schlecht vom Alkoholgeruch. Von dem Gerede. Er hatte viel rumgelabert, dass Bielefeld wieder aufsteigen würde. Dass der Kurzfilm die Kunst der Zukunft ist. Halbherzig mit der besoffenen Mariza geknutscht.

Dabei nur an den Fatzke und an die blauen Mausfüße gedacht.

Nierenversagen. Lag der Fatze im Koma? Was, wenn seine Freundin auftauchte? Konnte er jetzt noch gerettet werden?

Gegen Morgen mit drei anderen Filmern auf die Straße getreten. Die kalte Luft eingeatmet und den Kragen hochgeschlagen. Lärmender Abschied von den Kumpeln.

Hinter einem Busch sich den Alkohol rausgekotzt.

Endlich im Auto. Endlich allein. Sein Magen ist zerfurcht von Stress, Nikotin und Kopfschmerztabletten.

Durch den anbrechenden Morgen fahren. Es aushalten. Die Kraftanstrengung, Böses zu tun. Warten.

Noch einen Tag aushalten. Bald ist es entschieden.

Darf nicht anrufen. Nicht an der Wohnung vorbei fahren. Alles muss sein wie immer. Er biegt in die Kantstraße ein. Schlafen geht nicht. Er wird noch einmal seinen Film durchgucken. Den Vorspann ändern. Morgen ist endlich Abgabe.

Norbert J. Wiegelmann

Unter Verdacht

Sind Sie schon einmal beschuldigt worden, sich selbst umgebracht zu haben? Ich spreche nicht von Selbstmord, sondern von Mord.

Suizid, durchaus tragisch, ist kein Verbrechen. Anders sieht es bei Mord aus. Mord ist sogar ein Kapitalverbrechen, auf das in manchen Ländern immer noch die Todesstrafe steht. Insofern sind Suizid und Mord zwei sehr unterschiedliche Paar Schuhe, wenn man über eine so ernste Sache so salopp reden darf. Selbsttötung ist straffrei. Wie sollte jemand auch noch bestraft werden können, wenn er sich selbst umgebracht hat? Hier hat sich der Täter, der gleichzeitig das Opfer ist, durch seine Tat der irdischen Gerichtsbarkeit entzogen. Und da es keinen Straftatbestand der Selbsttötung gibt, ist auch der Selbstmordversuch nicht strafbar. Möglicherweise wird der Selbstmörder im Jenseits zur Rechenschaft gezogen, denn nach verbreiteter Auffassung ist Suizid eine Sünde: Da Gott einem das Leben geschenkt habe, dürfe auch nur er es einem wieder nehmen, so die Anhänger dieser Sichtweise. Wie dem auch sei, die Trennlinie zwischen straffreier Selbsttötung und der strafbaren Tötung eines anderen Menschen scheint klar.

Und dennoch ist es mir widerfahren, meiner eigenen Ermordung – im Sinne des einschlägigen Straftatbestandes – verdächtigt zu werden.

Es klingelte stürmisch an meiner Wohnungstür. Als ich öffnete, standen zwei Herren im Treppenhaus.

„Dürfen wir reinkommen?", fragte der eine, ein hagerer, langer Mensch mit mürrischen Gesichtszügen, während mir der andere, breitschultrig und untersetzt, mit einem Dienstausweis vor der Nase herumwedelte.

„Kriminalpolizei."

Vielleicht hätte ich gesagt: „Nein, ich lasse Sie nicht in meine Wohnung", denn ich bin nun mal ein sehr direkter Mensch, der anderen Leuten nicht aus falsch verstandener Rücksichtnahme nach dem Mund redet, sondern offen seine Meinung sagt. Da ich aber vom oberen Stockwerk her Schritte auf der Treppe hörte und kein Interesse daran hatte, dass einer der übrigen Hausbewohner etwas von meinem Besuch mitbekam – ich bin nun mal ein sehr diskreter Mensch, der auf seine Privatsphäre bedacht ist – , ließ ich die beiden Beamten herein und schloss schnell die Tür hinter ihnen. Ich führte sie ins Wohnzimmer und bot ihnen etwas zu trinken an. Der Breitschultrige schien nicht abgeneigt, doch da der Hagere ohne zu zögern und mit Nachdruck sagte: „Nein danke, wir sind im Dienst", schüttelte auch er verneinend den Kopf. Ich setzte mich in meinen Sessel und forderte die Beamten mit einer Handbewegung zum Sofa hin auf, ebenfalls Platz zu nehmen. Zumindest das lehnten sie nicht ab.

„Was verschafft mir die Ehre Ihres Besuches?", fragte ich, denn ich bin nun mal ein sehr höflicher Mensch, der sich gewählt auszudrücken pflegt.

Der Breitschultrige räusperte sich und antwortete: „Sie werden verdächtigt, den Mieter dieser Wohnung, Herrn Stefan Krahwinkel, umgebracht zu haben."

Ich lächelte, denn ich bin nun mal ein sehr freundlicher Mensch, der sich überdies nicht so leicht ins Bockshorn jagen lässt.

„Ich bin der Mieter dieser Wohnung, und mein Name ist Stefan Krahwinkel", erwiderte ich, zog aus dem auf dem Wohnzimmertisch liegenden Portemonnaie meinen Personalausweis heraus und streckte ihn den Beamten entgegen. Sie warfen einen flüchtigen Blick darauf.

„Sie erlauben?"

Ich stand auf und ging zum Wohnzimmerschrank, misstrauisch beäugt von dem Hageren.

„Keine Angst, ich hole keine Waffe", scherzte ich, denn ich bin nun mal ein sehr lustiger Mensch, nie um einen Spruch verlegen.

„Machen Sie keine blöden Witze", knurrte mich der Hagere an, während seine Rechte unter seine Jacke fuhr, wo wahrscheinlich seine Knarre steckte.

Ich holte die Dokumentenmappe mit meinem Mietvertrag aus der Schublade.

„Hier, sehen Sie, mein Mietvertrag", beeilte ich mich zu versichern und deutete auf den Namen des Mieters:

„Stefan Krahwinkel."

Der Breitschultrige, der einen deutlich gutmütigeren Eindruck machte als sein Kollege, winkte müde ab.

„Das wissen wir, dass der Mieter dieser Wohnung Stefan Krahwinkel heißt. – Nur wie Sie heißen und wer Sie sind, das wüssten wir gerne."

Er sah mich forschend an, aber im Gegensatz zu dem Hageren durchbohrte sein Blick mich nicht wie kalter Stahl.

„Ich habe Ihnen doch gerade meinen Personalausweis gezeigt", entgegnete ich mit ruhiger Stimme, denn ich bin nun mal ein sehr geduldiger Mensch, der, wenn es sein muss, die Dinge auch mehrfach erklärt.

„Sie haben uns einen Personalausweis gezeigt. Unseres Erachtens ist das aber nicht Ihrer, sondern der des Mordopfers", erläuterte der Breitschultrige.

Er griff in die Innentasche seiner Jacke und holte einen Umschlag hervor. In dem Umschlag befanden sich mehrere Fotos.

„Sagen die Ihnen etwas?", fragte er und legte die Fotos achtlos auf den Wohnzimmertisch.

Ich schob die Fotos so, dass sie exakt in einer Reihe lagen, denn ich bin nun mal ein sehr ordentlicher Mensch, der

Durcheinander nicht leiden kann. Ich betrachtete ausführlich die Bilder. Sie zeigten einen Mann, der tot am Boden lag, irgendwo im Freien. Die Ähnlichkeit des Mannes mit mir war frappierend, zumindest auf den Fotos. Ich schloss für einen Moment die Augen und zählte leise langsam bis zehn, während ich gleichmäßig ein- und ausatmete. Dann versuchte ich, durch einen betont lockeren Umgangston die Situation zu entspannen, um nicht tatsächlich Gefahr zu laufen, als Täter meiner eigenen Ermordung beschuldigt zu werden.

„Also Jungs, mehr als meine Ausweispapiere kann ich euch nicht zeigen, um meine Identität zu beweisen."

„Ich hab gar nicht mitbekommen, dass wir per du sind", ätzte der Hagere.

„Also bitte."

„Schon gut, schon gut, ich wollte Ihnen nicht zu nahe treten", beschwichtigte ich, denn ich bin nun mal ein sehr lernfähiger Mensch. Schließlich wollte ich die Situation entschärfen und nicht eskalieren lassen.

„Soll ich Ihnen noch meinen Reisepass und meinen Führerschein zeigen, damit Sie mir glauben, dass ich Stefan Krawinkel bin?", fragte ich.

„Nicht nötig", erwiderte der Breitschultrige, „das würde nichts ändern. Wir gehen ohnehin davon aus, dass Sie im Besitz dieser Dokumente sind. Immerhin haben Sie sich ja auch in der Wohnung des Mordopfers breitgemacht. Und bei dem Getöteten sind keine Papiere gefunden worden. Da kann es nicht ernstlich überraschen, wenn Sie im Besitz der Papiere sind. Bei der starken Ähnlichkeit mit dem Toten ist es naheliegend, dass Sie seine Identität annehmen wollten. Und das ist Ihnen bisher offensichtlich gelungen."

Allmählich nahm die Geschichte bedrohliche Ausmaße an.

„Zugegeben, die Ähnlichkeit des Mannes auf den Fotos mit mir ist nicht zu leugnen", versuchte ich eine Beweisführung.

„Aber das bedeutet doch nicht, dass der Tote ich ist, ich meine Stefan Krahwinkel. Genauso gut könnte ich Stefan Krahwinkel sein, und – ich gebe Ihnen mein Ehrenwort – ich bin es tatsächlich."

Ich machte eine kurze Pause, um meine Gedanken zu sortieren. Der Hagere verzog seine schmalen Lippen zu einem spöttischen Grinsen. „Natürlich könnten Sie – rein hypothetisch – Stefan Krahwinkel sein, dem Sie ja, wie Sie selbst einräumen, stark ähneln. Ihr Pech ist nur, dass der Tote Stefan Krahwinkel ist."

Ich schluckte, mein Mund war ausgetrocknet. Langsam aber sicher bekam ich Panik. Hilflos stammelte ich:

„Ich sage doch auch nicht, Sie sind in Wirklichkeit keine Kriminalbeamten und haben Ihre Dienstausweise von irgendwelchen ermordeten Menschen ..."

Mir war klar, dass dieser Einwand nicht besonders überzeugend war. Ich erntete auch lediglich ein erneutes spöttisches Grinsen des Hageren. Da kam mir der rettende Einfall.

„Wie kommen Sie überhaupt darauf, dass der Tote Stefan Krahwinkel sein könnte? Sie haben doch selbst gesagt, er hatte keine Papiere bei sich."

Ich traute mich sogar ein verstohlen triumphierendes Lächeln. Jetzt mussten die Beiden die Hosen herunterlassen, wie sie auf diese absurde Annahme gekommen waren, ich, Stefan Krahwinkel, hätte mich ermordet, nur weil ein Toter eine gewisse Ähnlichkeit mit mir hatte.

Der Breitschultrige räusperte sich erneut.

„Haben Sie denn nicht das Foto in der Zeitung gesehen, mit dem wir nach der Identität des unbekannten Toten gefahndet haben?"

„Nein, ich lese keine Zeitung", erwiderte ich wahrheitsgemäß, denn ich bin nun mal ein sehr effizienter Mensch, der sich nicht mit dem ganzen Gedankenmüll zuschmeißen lässt, der in der Zeitung steht. Dafür ist mir meine Zeit viel zu schade.

„Hm, hm", machte der Hagere nur.

Sein Kollege war nicht so einsilbig.

„Auf die Veröffentlichung des Fotos hat sich eine Frau Monika Wagner gemeldet und den Toten als ihren ehemaligen Freund Stefan Krahwinkel identifiziert."

„Ach so", entgegnete ich überrascht. Monika Wagner war in der Tat meine Freundin gewesen, doch vor etwa einem halben Jahr hatten wir uns getrennt. Seitdem hatten wir uns nicht mehr gesehen. Deswegen hielt ich es nicht für ausgeschlossen, dass sie den mir auf den Fotos ziemlich ähnlich sehenden Unbekannten tatsächlich für Stefan Krahwinkel, also für mich, gehalten hatte. Ein halbes Jahr kann eine Erinnerung durchaus verblassen lassen. Auch ich konnte mir Monikas Gesicht nicht mehr in allen Einzelheiten vorstellen. Und wenn ich jemanden sähe, der ihr stark ähnelte, wer weiß …

Die Polizeibeamten schauten mich beide erwartungsvoll an, der Hagere mit deutlichem Unmut.

„Wollen oder können Sie uns unsere Frage nicht beantworten?", insistierte er.

„Welche Frage?", stammelte ich verdattert.

„Wollen Sie uns verarschen, Mann?", bellte der Hagere mit erhobener Stimme, als sei er ein kurz vor dem Ausbruch stehender Vulkan.

„Mein Kollege hat Sie doch gerade gefragt, wie Sie uns erklären können, dass der Tote von seiner ehemaligen Lebensgefährtin eindeutig als Stefan Krahwinkel identifiziert worden ist. Oder wollen Sie uns weismachen, das sei ein Irrtum von Frau Wagner? In Wirklichkeit sei sie Ihre Freundin gewesen, weil Sie ja der wahre Stefan Krahwinkel seien?"

Er lächelte höhnisch.

„Ich war mit meinen Gedanken etwas abgelenkt", begann

ich.

Der Hagere grätschte sofort dazwischen:

„Das kann ich mir denken, jetzt, wo Ihr Lügengebäude allmählich zusammenbricht wie ein Kartenhaus, Herr ..."

„Krahwinkel", vollendete ich unwillkürlich.

Der Hagere gab sich völlig ungerührt.

„So geistesgegenwärtig sind Sie also, den Namen Ihres Mordopfers wie aus der Pistole geschossen als Ihren eigenen zu nennen. Übrigens, ich bin in Wahrheit der Kaiser von China. Aber verraten Sie es niemandem."

Seine graugrünen Augen hatten sich zu schmalen Sehschlitzen verengt, was ihm ein wölfisches Aussehen gab und mich frösteln ließ.

„Monika Wagner ist ganz bestimmt meine Freundin gewesen!", rief ich nun schon mit einer Spur Verzweiflung.

„Machen Sie doch eine Gegenüberstellung."

„Alles zu seiner Zeit", schaltete sich der Breitschultrige ein.

„Wir wollen der Dame nicht zu viele Gegenüberstellungen zumuten, denn eine hat sie schon hinter sich – eine für sie ziemlich belastende."

Er tippte mit dem Zeigefinger der rechten Hand auf eines der Fotos, die noch immer auf dem Wohnzimmertisch lagen.

Mittlerweile überlegte ich krampfhaft, wie ich aus dieser absurden Nummer herauskommen könnte. Man war gerade dabei, mich meiner Identität zu berauben. Vielleicht war es ein Fehler, aber ich bin nun mal ein sehr impulsiver Mensch, plötzlich schrie ich hysterisch:

„Muss ich mir das wirklich gefallen lassen? Ich bin ein unbescholtener Bürger, und Sie kommen mir nichts dir nichts in meine Wohnung und behaupten, ich sei nicht der, der ich bin. Ich lege Ihnen meinen Ausweis vor und Sie behaupten, den hätte ich wohl einem Toten abgenommen. Nur weil dieser Tote eine gewisse Ähnlichkeit mit mir aufweist, sagen Sie, ich hätte mich, also ihn, ich meine Stefan Krahwinkel, also eben doch mich, ermordet. Und dabei ist Stefan Krahwinkel nicht tot. Er lebt, er steht vor Ihnen."

Bei diesen Worten war ich vom Sessel aufgesprungen, so aufgeregt war ich. Prompt zuckte die Hand des Hageren wieder unter seine Jacke.

„Nun beruhigen Sie sich erst einmal", beschwichtigte der Breitschultrige.

„Ich glaube, im Moment ist alles gesagt. Wir sollten uns in den nächsten Tagen in unserem Büro vernünftig weiter unterhalten."

Und sie wandten sich zum Gehen.

„Einen Augenblick", bat ich, denn im Treppenhaus hörte ich wieder Schritte. Der Nachbar aus dem oberen Stockwerk kam zurück. Andererseits, vielleicht hätte er dafür sorgen können, diesen fatalen Irrtum, ich sei nicht Stefan Krahwinkel, aufzuklären. Doch dieser Gedanke kam mir leider zu spät.

Nun sitze ich schon seit Tagen in meiner Wohnung und grüble. Ich trau mich kaum noch aus dem Haus, weil ich mich des unbestimmten Gefühls nicht erwehren kann, beschattet zu werden.

Haben Sie schon einmal erlebt, dass das Damoklesschwert Ihrer Auslöschung über Ihnen schwebt? Dass behauptet wird, Sie seien nicht der, der Sie sind? Und alle Beweise bleiben unberücksichtigt?

Da könnte ich glatt aus der Haut fahren, wenn es nicht um meine Haut ginge. Sie gestatten hoffentlich, wenn ich „Haut" als Synonym für „Identität" verstanden wissen will. Aber es geht außerdem auch um meine Haut im Sinne dieser Redewendung.

Denn, ganz im Vertrauen gesagt, ich habe tatsächlich einen Menschen getötet, nämlich den, der auf den Fotos war. Nur ist das eben ein Unbekannter, sowohl für mich als auch für die Polizei. Die Polizei ist allerdings anderer Meinung. Für sie ist der Tote Stefan Krahwinkel. Doch der bin ich, Ehrenwort.

Vielleicht klärt sich das ja noch im Laufe der weiteren Ermittlungen.

Ich hätte niemals Stefan Krahwinkel, also mich selbst, umgebracht, denn ich bin nun mal ein sehr lebensbejahender Mensch, der noch nie einen Gedanken an Suizid verschwendet hat.

Aber diesen Unbekannten auf den Polizeifotos, den habe ich umgebracht, und dafür gab es auch ein Motiv. Dieser Mensch war vor kurzem zum ersten Mal in meinem Umfeld aufgetaucht, als ich beim Lebensmitteldiscounter um die Ecke Einkäufe tätigte. Seitdem begegnete ich ihm fast täglich. Das war ganz schrecklich, das können Sie mir abnehmen. Als ob man ständig seinem eigenen Spiegelbild über den Weg laufen würde. Wegen der verblüffenden Ähnlichkeit mit mir, die zugegebenermaßen nicht nur auf den Fotos, sondern auch in der Realität bestand, dachte ich schon, ich würde meinen Verstand verlieren und geriet in eine Identitätskrise, denn ich bin nun mal ein sehr empfindsamer Mensch. Das machte mich allmählich wütend. Deshalb habe ich ihm gesagt, er solle verschwinden, dahin, wo er hergekommen sei. Ich bin nun mal ein sehr auf seine Individualität bedachter Mensch, und durch einen Doppelgänger fühle ich mich körperlich und mental belästigt. Er sah mich lediglich an, ohne etwas zu entgegnen. Als ich ihn am nächsten Tag erneut traf, wiederholte ich meine Forderung. Darauf begann er, lauthals zu lachen, und fragte mich, ob ich noch alle Tassen im Schrank hätte. Ein Wort gab das andere, und dann schlug ich zu. Ich bin nun mal ein sehr wehrhafter Mensch, denn ich habe als Jugendlicher eine Zeit lang Kampfsport betrieben. Bestimmte Schläge habe ich immer noch drauf. Das Ganze war mehr ein Unfall, er ist einfach unglücklich gestürzt. Mord war es auf gar keinen Fall, allenfalls Totschlag, wenn überhaupt. Das würde ich auch dem Richter erzählen, sollte es zur Anklage kommen. Aber bis dahin wird die Polizei noch ein Stück Ermittlungsarbeit vor sich haben. An deren Ende wird sich dann hoffentlich herausstellen, dass ich Stefan Krahwinkel bin. Selbst wenn es zum Äußersten kommen sollte und ich wegen Mordes verurteilt würde, könnte ich zur Not damit leben. Aber wenn man mir meine Identität streitig machen und am Ende behaupten würde, ich sei gar nicht Stefan Krahwinkel, das könnte ich nicht ertragen. Ich bin nun mal ein sehr gewissenhafter Mensch, und ich würde nie vorgeben, jemand zu sein, der ich nicht bin.

Sie müssen es mir glauben: Ich bin Stefan Krahwinkel, Ehrenwort.

Horst Leiwig

Müll

Die sozialen Brennpunkte sind in jeder Stadt ein Problem. Es gibt Fleißige, die gescheitert sind, und es gibt nicht ganz so Strebsame, die ebenfalls gescheitert sind. Man kann nichts über einen Kamm scheren, weil jeder sein Sinken an den Rand der Gesellschaft subjektiv anders sieht. Wer Haus und Arbeit verlor, weil die Frau ihn betrog oder umgekehrt, wird lange mit seinem Schicksal hadern, das ihn so schmählich verließ. Sehnlichst wird er sich wünschen, dass das Leben noch ein Quäntchen Glück für ihn bereithalte, in aller Bescheidenheit und ohne jede Forderung. In sich zu ruhen und aus dieser Festigkeit die Klippen des Lebens zu meistern, gelingt nur den wenigsten von uns. Wir sind viel zu schwach, um ohne Fehler zu sein.

Von meinem Arbeitgeber bekam ich eines Tages den Auftrag, Material für einen Bericht zu sammeln, der sich mit denen am Rande der Gesellschaft Lebenden befasste und Aufschluss geben sollte, wie man die Kosten dafür eventuell planbar minimieren könnte, falls das überhaupt möglich sei. Meine Begeisterung für dieses Projekt hielt sich in Grenzen, was sich durch eine gewisse Mundfaulheit meinerseits äußerte. Der Chef hatte ein rosig leuchtendes Gesicht und willensstarke Augen. Ich vergaß, dass ich eigentlich hätte murren müssen und sagte unwillig zu.

Um überhaupt anzufangen, nahm ich Kontakt zu einem Beamten der Stadt auf, der sich professionell mit so etwas befasste. Der Mann hieß Wegmann. Er empfing mich in seinem Büro.

„Nehmen Sie Platz", sagte er und wies mir einen in seiner Einfachheit typischen Holzstuhl zu, der beim Hinsetzen leicht knackte und in seiner Härte sofort unbequem war.

„Danke."

Wegmann war ein mittelgroßer, hager wirkender Mann mit einer fein ziselierten Nase und dünnen Lippen. Er sah etwas vergeistigt unter der hohen Stirn und den leicht bebenden Nasenflügeln aus. Er setzte beim Lesen eine Halbbrille auf, was ihn intellektuell wirken ließ. In seinem spartanisch eingerichteten Büro mit dem kleinen Schreibtisch hatte man unterschwellig den Eindruck, Wegmann stünde auf vorgeschobenem verlorenen Posten. Eine Aktenablage neben dem Rollschrank sah aus, als hätte sie den letzten Krieg überlebt.

Nachdem wir uns eine ganze Weile unterhalten und er mir bereitwillig auf jede meiner Fragen Auskunft gegeben hatte, wurde unser Gespräch ein wenig persönlicher, fast schon privat. Er erkundigte sich nach meinem beruflichen Werdegang und ich mich nach dem seinen. Er sah zwiespältig glücklich und unglücklich zugleich aus, als er mir von seiner langen Arbeitslosigkeit erzählte, die ihn fast zur Verzweiflung gebracht hatte.

„Wissen Sie", sagte er, „da studiert man und schreibt sich die Finger wund an Bewerbungsunterlagen, die mit einer lapidaren Erklärung zurückgesandt werden. Manchmal entstand sogar der Eindruck, dass man die Bewerbung nicht einmal gelesen hatte."

„Was haben Sie studiert?", fragte ich.

„Soziologie."

„Es gibt zu viele, nicht?"

„Das ist richtig. Aber als ich anfing, malte man alles in rosaroten Farben. Und natürlich wollten wir die Welt in unserem Enthusiasmus reformieren. Zum Glück habe ich dann ja noch den Absprung geschafft. Hier bei der Stadt. Zunächst auf Probe, bis es dann eine feste Anstellung wurde."

„Mit einer Bewerbung, oder war auch eine Fürsprache

dabei?"

Wegmann lächelte fein ironisch mit seinen dünnen Lippen. Er wartete.

„Natürlich war auch eine Fürsprache, eine Beziehung dabei", sagte er schließlich.

„Ich hatte damals mit dem Leiter des Kulturamtes etwas zu tun. Das heißt, das Kulturamt und das Land förderten ein Projekt, an dem ein Kollege und ich uns beteiligten. Unsere Gedichte wurden an Plakatwänden aufgeklebt und in Bussen ausgehängt. Und so geschah es, dass der Leiter des Amtes ..."

„Jetzt weiß ich, woher mir Ihr Name bekannt vorkam", unterbrach ich ihn rasch. „Ich habe Ihre Gedichte gelesen, im Bus, wenn ich zur Arbeit fuhr. Kühne Gedichte. Manches gefiel mir, manches nicht."

„Na ja."

„Das waren also Sie", sagte ich. „Respekt. Und wie läuft das heute? Schreiben Sie noch Gedichte?"

„Wenige."

Er hielt die Lippen fast zusammengepresst.

„Mehr so zum Hausgebrauch oder für die Schublade. Es gibt heutzutage so viele Leute die Gedichte schreiben, dass wir mehr Schreiber als Leser haben. Und dann muss man noch fein aufpassen, dass einem nicht irgendein Verlag mit einer hohen Selbstbeteiligung das Geld aus der Tasche zieht. Es sei denn, man ist berufen."

„Wie meinen Sie das? Als Dichter?"

Er nickte schweigend und fragte mich dann, ob ich noch etwas Kaffee haben wolle, und als ich bejahte, schritt er zum Automaten und schenkte mir nach. Er schob mir die Milch zu und auch den Zucker, und als ich umzurühren begann, schaute er mir unverwandt ins Gesicht.

„Kennen Sie das Kasernengelände der Engländer, wo die Stadt alles abgerissen und Unterkünfte hat bauen lassen?", begann er schließlich.

„Kurz vor der Endstation und dem Großmarkt?"

„Sie meinen die ehemaligen Baracken des Fuhrparks?", sagte ich.

„Ja, kenne ich. Da waren die osteuropäischen Hiwis beschäftigt, die nach dem Krieg nicht wieder zurückkonnten wegen Konspiration und so: Weißrussen, Letten, Litauer."

„War das so?"

„Ein paar Deutsche waren auch angestellt, denke ich."

Wegmann nickte, lächelte aber nicht.

„Da wollte ich mit Ihnen an einem der nächsten Tage hin. Ich habe dort ein kleines Büro und bin für den Komplex als Betreuer zuständig. Mehrmals in der Woche habe ich Sprechstunde. Sind Sie einverstanden?"

„Na klar", sagte ich spontan. „Was man vor Ort erfährt, ist tausendmal gründlicher als jede Erzählung."

„Fein", sagte Wegmann. „Ich werde sie dann anrufen."

Es war ein herrlicher sonniger Tag, als Wegmann mich anrief. Ohne Verzögerung machte ich mich auf den Weg zum Parkplatz der Anlage, wo er bereits auf mich wartete.

Das neu bebaute Gelände war eine mit dem Lineal gezogene Aneinanderreihung von schmucklosen Betonbauten, denen man spargelähnliche Balkone angeklebt hatte. In ständiger Wiederholung reihte sich ein gerader Kasten an den anderen, was schon beim ersten Anblick trostlos wirkte. Die zwischengelagerten Rasenflächen waren voller Teppichstangen, die grün wie das Gras waren und selten benutzt wurden. Auf den Balkonen hatte man Wäschespinnen aufgestellt, und gelegentlich stand sogar eine Bank vor den Zementblöcken. Etwas abseits der geraden Linie hatte man im Hintergrund bungalowähnliche Gebäude errichtet, die so etwas wie eine private Atmosphäre vermittelten.

Auf unserem Rundgang durch die Anlage erreichten wir einen Flachbau, vor dessen Tür zwei Männer auf Stühlen ihre nicht unerheblichen Bäuche in die Sonne hielten. Je näher wir den beiden kamen, umso mehr zeichnete sich in ihren roten Gesichtern das genossene Leben ab. Ihre Augen waren dick und verträumt und die Haare fielen fransig über die Ohren.

„Moin, Bernd", sagten beide gleichzeitig.

„Guten Morgen", sagte Wegmann. „Wie finde ich denn das, am frühen Morgen sich schon so in der Sonne zu aalen? Ihr habt's gut, und ich muss arbeiten."

„Das musst du, Bernd", sagte einer. „Du bist unser Betreuer."

Beide hatten neben ihrem Stuhl eine Bierflasche stehen.

„Sonst alles in Ordnung mit euch beiden?", fragte Wegmann.

„Ja", antworteten sie, und dann fragte einer: „Stimmt es, dass die Stadt das Geld für einen Hund kürzen will?"

„Nein", antwortete Wegmann. „Davon ist mir nichts bekannt. Von wem habt ihr das?"

„Nur ein Gerücht."

„Vergesst es."

Als wir ein Stück weitergegangen waren, meinte Wegmann: „Hier kursieren immer die merkwürdigsten Gerüchte. Auch dies ist wieder eine Ente. Keiner von denen hat überhaupt einen Hund."

„Sie kennen die beiden schon länger?", fragte ich.

„Und ob", versicherte er mir und schaute mich an.

„Der Graue ist Karl Malucki, und der Weißhaarige Richard Kronthal. Alte Fahrensleute, was den Alkohol betrifft. Aber listig und schlau in ihren benebelten Köpfen."

Er blieb stehen.

„Was halten Sie von ihnen?"

„Was soll ich schon davon halten", sagte ich unentschlossen.

„Ich kenne die Kerle nicht. Sie sind mir zum ersten Mal im Leben begegnet. Alkoholiker, würde ich behaupten."

„Und Mörder", versicherte mir Wegmann mit fester Stimme.

„Beide."

***

Für alle Bewohner des neuen Wohnparks war es ein wundervolles Gefühl, wieder ein Dach über dem Kopf zu haben. Teilweise waren sie Straßenkinder, die der Witterung zu jeder Jahreszeit getrotzt hatten, teilweise aber auch Menschen, die auf der Suche nach Liebe einfach gescheitert waren. So vielfältig wie ihre Gesichter war auch ihr jeweiliger Lebenslauf. Ob Sonne oder Schnee, alles hatte sie gebleicht, war in ihre Augen und in ihre Herzen gedrungen. Ihre kleinen Herzen, das ums Überleben kämpften.

Karl Malucki und Richard Kronthal wohnten nebeneinander in ihren Zimmern, die noch eine kleine Küche und ein Bad enthielten. Sie waren eigentlich aller Sorgen ledig, wenn nicht diese ständige Angst um den Nachschub bestanden hätte. Man wusste nie, wie lange das Geld reichen würde. Auch wenn die Stadt regelmäßig ihr Scherflein zu ihrem Unterhalt beitrug, eine genaue Übersicht und gezielte Konsumierung waren unbedingt vonnöten.

Karl Malucki hatte seine Frau geschlagen und sie sich von ihm getrennt. Er war ein kleiner Mann mit einem Haarkranz, einer fleischigen Nase und einem zu großen Mund. Als man ihm seinen Verdienst wegschnappen wollte, machte er auf Platte. Obwohl er schon immer gut getrunken hatte, versank er von nun an in einen fürchterlichen Rausch von wilder Aggressivität. Er schlug und wurde geschlagen, und wenn er auch schon am Boden lag, er gab nie auf. Sein Gesicht trug Narben davon, die einen an eine schlagende Verbindung erinnerten. Doch Karl Malucki hatte nie studiert. Er war über einen durchschnittlichen Hauptschulabschluss nicht hinausgekommen. Zu einem Beruf, Flachstreicher und Tapezierer, hatte es dann aber doch gereicht. Hierbei konnte man nach Feierabend noch eine gesunde Mark machen, und verdursten tat man auch nicht.

Sein Gegenpart und seit langem guter Freund, Richard Kronthal, war mindestens einen Kopf größer als Malucki und weißhaarig gelockt. Kronthal sprach nie über sein vorheriges Leben, doch so viel war durchgesickert: Er hatte sich an kleinen Mädchen vergangen und war dafür viele Jahre im Knatterbusch gewesen. Da seine Ehe während dieser Zeit draufging, verließ ihn die Lust auf Erfolg gänzlich. War er einmal strebsam gewesen, so schloss er jetzt mit allem und jedem ab. Kaum war er wieder draußen, wanderte er ziellos umher. Die Stelle als Musiklehrer an einer Realschule nahm er erst gar nicht wieder auf. In so mancher Stadt und in so manchem Park knabberte er mit langen Zähnen am eigenen Brot der Enttäuschung. Hatte er sich einmal eingenässt, legte er das Zeugnis seiner Niederlage in Sonne und Wind. Das Singen hatte er sich abgewöhnt, obwohl er früher eine ganz passable Stimme besessen hatte. Dafür war sein Blutdruck gestiegen und das Gesicht rot angelaufen. Mit Malucki stritt er sich manchmal, aber für einen ernsthaften Streit fehlte es beiden an Kraft. War einmal zu viel Alkohol im Spiel, verstand sowieso keiner den anderen. Ihre Gestik war dann immer abwertend nach unten gerichtet und sinnlos.

Sie hatten sich gesucht und gefunden, und so lange das Geld reichte, waren sie mit ihren geringen Ansprüchen sogar glücklich. Was scherte sie das Leben draußen, die Gier nach Erfolg? Bescheiden den Tag zu genießen, die Stunden hinter sich zu bringen, war das nicht der Gipfel des Erstrebenswerten?

Eines Tages gesellte sich Sonja S. zu ihnen, eine verblasste Schönheit vergangener Tage. Als sie noch knackig gewesen war, hatte sie gelegentlich dem Vater, der Hauderer war und für die Polizei das Abschleppen besorgte, im Geschäft geholfen. Damals, mit siebzehn Jahren, hatte sie schon ihren Führerschein gemacht, und als dann ein Freund kam und sie verließ und der nächste auch, trank sie ihren Kummer mit Alkohol hinunter. In denkbar kurzer Zeit war sie Alkoholikerin, ein Teufelskreis, der sich noch verstärkte, als der Vater an einem Herzinfarkt starb. Völlig allein, die Mutter war schon verstorben, als sie noch ein kleines Kind gewesen war, schlidderte sie in den Kreis der stadtbekannten Herumtreiber. Ihr blondes Haar verfilzte, das Gesicht wurde aufgedunsen und das Gesäß immer breiter. Sie wurde frech wie ein Kesselflicker und sogar gewalttätig. Immer war sie bereit zu Kampf und Streit. Wer sie sah, konnte nichts Liebenswertes an ihr entdecken. Sie schlich sich bei Malucki und Kronthal ein, indem sie in die Umlage eintrat, wenn den anderen das Geld ausgegangen war.

Ihre Zusammenkünfte begannen friedlich bei gemeinsamem Umtrunk und sinnfreier Diskussion. War der Abend jedoch weiter fortgeschritten, wurde lauter und heftiger gesprochen, später dann auch gestritten. Gelegentlich erhielt Sonja einen Knuff mit dem Hinweis, sie solle das Maul halten. Doch das brachte sie nur noch mehr in Wut. Sie behauptete ihren Platz und keifte die Männer mit ihrem lückenhaften Gebiss lauthals an.

„Du bist ein doofes Stück Fleisch", lallte Malucki zu ihr hinüber.

„Was? Was hast du gesagt?"

Jener Abend, der alles zwischen ihnen ändern sollte, begann nach althergebrachtem Muster. Keiner hätte sagen können, dass Gewalt in der Luft lag, aber wie immer war der Faden einer friedlichen Lösung stets dünn gewesen. Und in diesen wenigen Stunden franste der Faden plötzlich aus. War es zuerst der Knuff gewesen und ihr beherztes Zurückboxen, gipfelte das Ganze in einer Rangelei mit zerspringenden Gläsern und Flaschen. Sonja wehrte sich tapfer, als die Männer zusammenhielten und sie angriffen.

Aber plötzlich hatte einer eine volle Bierflasche in der Hand und schlug ihr damit über den Kopf. Sonja knickte leicht in den Knien ein, und schon traf sie die nächste Bierflasche.

Sie fiel rücklings der Länge nach hin und gab keinen Ton mehr von sich. Malucki und Kronthal ließen sie liegen, stärkten sich mit einem kräftigen Schluck und stierten zu ihr hinüber.

„Wollen wir sie da liegen lassen?", sagte Malucki nach einer Weile.

„Auf keinen Fall", sagte Kronthal. „Die muss hier weg."

„Aber wohin?"

Unschlüssig sahen sie zu Boden.

„Und was wäre, wenn wir sie in den Müll legen?", bemerkte Kronthal.

„Du meinst ...?"

„Da sucht sie keiner", versicherte Kronthal. „Und wir sind das Biest los."

Eine Weile warteten sie noch, dann machten sie sich ans Werk. Bevor sie Sonja S. aufhoben, lauschte Kronthal nach draußen in die Dunkelheit. Es war still, bis auf die Autos, die auf der entfernten Straße vorbeifuhren. Malucki fasste Sonja unter den Armen und Kronthal an den Beinen. Sie war schwerer als gedacht, doch trotz ihres Alkoholspiegels schafften sie es schließlich, Sonja bis zu den Müllcontainern zu tragen, die gleich um die Ecke standen. Sie öffneten einen Behälter und hoben die Frau, die sich mit ihrem Gewicht wehrte, mit großer Anstrengung hinein. Kronthal nahm einige von den Pappkartons, die sich in dem Container befanden, und stülpte sie über Sonja. Einmal hatte er den Eindruck, sie würde leicht aufstöhnen.

„Sie kann ja wieder rausklettern, wenn sie nüchtern wird", meinte Malucki.

Nach getaner Arbeit trollten sie sich in ihre Trinkstube zurück. Schwer fielen ihre Köpfe in den Nacken, als der Alkohol seine Wirkung tat und sie in den Nebel der Umnachtung fielen.

Sie erwachten total erschöpft erst am Mittag, als die Sonne hoch im Zenit stand. Die Müllabfuhr war pünktlich gewesen, kurz nach acht Uhr. Alle Container waren geleert und schon lange bei der Verbrennung abgeliefert worden.
Die Flamme dort rauschte ununterbrochen laut und gleichmäßig, wenn man das Guckloch einen Spalt öffnete.

***

Die letzten Meter zu Wegmanns Außenbüro legten wir wortlos zurück. Noch ganz im Bann seiner Aussage überlegte ich krampfhaft, was er wohl wie gemeint haben könnte, denn die, die er als Mörder bezeichnet hatte, saßen doch friedlich in der Sonne und tranken Bier. Irgend etwas sträubte sich in meinem Rechtsverständnis. War Wegmann als Dichter seiner Fantasie erlegen? Ein realitätsferner Soziologe, gab es das überhaupt?

Das Büro war ein kleines, aber feines Schmuckstück in moderner Ausstattung und geradlinigem Mobiliar. War der Raum in der ehemaligen Nähmaschinenfabrik ein Sammelsurium ausgedienter Trödelware, gelang hier durch Licht und Ordnung ein freundliches, positives Umfeld. Die Aktenordner gaben den Eindruck, als würden sie gebraucht.

Kaum hatten wir Platz genommen, als ich mit meiner mir auf der Zunge liegenden Frage herausrückte.

„Warum haben Sie die beiden Männer Mörder genannt?", sagte ich. „Kann man als Mörder frei herumlaufen?"

Wegmann zögerte zunächst. Er schaute mich ohne zu Lächeln an.

„Das natürlich nicht", sagte er schließlich.

„Um Ihnen die Sache zu erklären, muss ich weiter ausholen. Etwa bis in das Jahr, nachdem die Unterkünfte hier gebaut worden waren."

„So weit zurück?"

„Sicher."

Er öffnete die Tür des eingebauten Kühlschranks, entnahm ihm eine Flasche klares Wasser, und als ich auf seinen fragenden Wink hin nickte, schenkte er sich und mir ein Glas Mineralwasser ein. Es dauerte, dann endlich war er so weit.

„Malucki und Kronthal haben Sie vorhin gesehen", sagte er. „Zwei Zecher vor dem Herrn. Um nicht zu sagen Säufer. Früher wohnten sie in Abbruchhäusern, Hauseingängen, verlassenen Kellern. Bis die Stadt dies hier aufgebaut hat. Ein Paradies, wenn man einmal auf der Straße gelebt hat. Bis heute ist alles ausgebucht, kein Platz mehr frei. Sogar einen Betreuer stellt die Stadt zur Verfügung."

„Sie."

„Richtig, mich. Aber wir schweifen ab. Es geht um Malucki und Kronthal. Unsere Experten für geselliges Beisammensein. Jeden Abend wurde sich der Kopf vollgehauen, dass man nicht mehr hinschauen konnte, wenn sie durch die Wohnung krochen. Gestritten haben sie auch, die beiden, doch da sie zu schwach waren, um aus ihren Sesseln aufzustehen, verplätscherte jeder Widerstand in unverständlichen Worten. Bis, und jetzt kommt es, eine gewisse Sonja S. sich ihren Trinkgelagen anschloss. Sonja war ein Flintenweib ..."

„War?"

„Warten Sie's ab. Sie war jedenfalls so frech, dass sie es mit jedem Mann aufnehmen konnte. Ihr Vater hatte mal ein Fuhrgeschäft oder so was. Und Fahrer und Fernfahrer sollen ja bekanntlich eine koddrige Schnauze haben. Warum Malucki und Kronthal mit ihr gemeinsam zechten, bleibt mir ein Rätsel. Ich glaube, Kronthal hat mal gesagt, es sei die Umlage und Erhöhung des Etats gewesen. Nun, wie dem auch sei, es war immer etwas los bei den Dreien. Fast jeder Abend endete im Streit, bis es dann still wurde und gar nichts mehr zu hören war."

„Sie schliefen."

„Anzunehmen. Da jeder Tag wie immer verlief und Ruhestörung in dieser Siedlung nicht angezeigt wird, fiel es niemandem auf, dass Sonja S. seit einiger Zeit nicht mehr gesehen worden war. Hier hat jeder seine eigenen Sorgen, und wenn jemand mal verschwunden ist, dann bleibt er eben verschwunden. Bis auf den Sozialarbeiter, der nach vier Wochen feststellte, dass Sonja S. keine Bezüge mehr abgeholt hatte. Und dieser Sozialarbeiter war ich."

Wegmann schaute mich an, als ob ich das schon gewusst hätte, und da von meiner Seite keine Reaktion erfolgte, fuhr er fort.

„Ich sprach Malucki und Kronthal an, erhielt aber so ausweichende und dumme Antworten, dass ich stutzig wurde. Nach Rücksprache mit meinem Amtsleiter verständigte ich die Polizei, die die beiden ins Gebet nahmen. Und siehe da, nach einem Tag intensiver Vernehmungen gaben sie zu, der Sonja eine Bierflasche über den Kopf geschlagen zu haben. Allerdings, Malucki sagte, Kronthal sei der Schläger, und Kronthal sagte, Malucki sei es gewesen. Bei dieser Version sind die beiden bis heute geblieben."

„Sich gegenseitig beschuldigen, und der Richter kann raten, wer es denn wirklich gewesen ist", warf ich ein.

„Aber es kommt noch schöner", sagte Wegmann.

„In getrennten Vernehmungen kommt heraus, dass Sonja S. ohnmächtig war und auf dem Fußboden lag. Und sie soll ganz schlimm geschnarcht haben. Unsere beiden, eigentlich keine Sensibelchen, stört ihr Geschnarche so sehr, dass sie die Frau hochheben und vor die Tür legen, auf das Verbundpflaster. Als sie dann am nächsten Tag aufwachen, ist Sonja S. verschwunden."

„Und das hat man ihnen geglaubt?"

„Nein, natürlich nicht."

Wegmann trank einen Schluck Sprudel.

„Auch wenn keiner von den beiden auch nur einen Deut

von dieser Aussage abwich. In keiner Minute. Wie ich Ihnen schon vorhin sagte, zwei ganz durchtriebene Burschen, dieser Malucki und der Kronthal."

„Ich nehme an, damit war noch längst nicht alles gelaufen", sagte ich. „Hat man die beiden verhaftet?"

„Nein. Warum auch. Die waren hier und blieben auch hier. Aber ein ganz anderer Verdacht schlich sich in die Köpfe der Ermittler. Sonja S. war und blieb unauffindbar. Keine Spur von ihr, nicht die geringste. Hatten die beiden sie eventuell in einen Müllcontainer gelegt? Vor vier Wochen? Der Müllcontainer war abgeholt worden ..."

„Das gibt es doch nicht", kam es über meine Lippen.

„Sie können sich nicht vorstellen, was daraufhin hier los war. Es wimmelte nur so von Polizei. Nicht nur die in weißen Overalls, sondern auch Uniformierte und Kripobeamte. Jeder Winkel wurde akribisch abgesucht, jeder Müllcontainer systematisch unter die Lupe genommen. Nichts, kein Hinweis. Natürlich fand man Fingerabdrücke der Sonja in dem Zimmer des Malucki, aber da war sie ja auch immer gewesen. Vier Wochen nach dem Verschwinden waren die Container mindestens drei bis vier Mal geleert worden. Es hatte öfter einen Regenschauer gegeben. Also auch hier keine Spuren auf dem Verbundpflaster. Als bekannt wurde, dass zwei Container ausgewechselt worden waren, ging man zum Lagerplatz der Schrottfirma. Aber da lagerten Tausende dieser Kippdinger, und da der Verwalter nur annähernd die Lieferungen zuordnen konnte, gab man nach fünfzig Überprüfungen genervt auf. Die Suche ergab letztlich gar nichts. Sonja S. war und blieb verschwunden."

„Und die beiden", sagte ich, „hat man sie nicht, wie man so schön sagt, in die Zange genommen?"

„So oft es nur ging", versicherte mir Wegmann.

„Pausenlose Verhöre fanden statt. Malucki und Kronthal blieben bei ihrer Aussage und gaben nur den Schlag mit der Bierflasche zu, wobei sie sich gegenseitig beschuldigten. Auch das Heraustragen von Sonja S. vor die Tür gaben sie gleichbleibend an.

,Kronthal', sagte ein Beamter bei der Vernehmung. ,Geben Sie doch endlich zu, dass Sie Sonja S. erschlagen und sie dann im Müllcontainer entsorgt haben. War es nicht so? Gemeinsam mit Malucki.'

Kronthal kratzte sich am Nacken.

,Wenn ich gestehe', sagte er, ,wirst du dann befördert?'

Der Hauptkommissar war perplex.

,Sie', herrschte er zurück.

,Nein du.' Kronthals Augen lächelten unmerklich.

Ich habe das nur eingeflochten, damit Sie sehen, wie ausgekocht Malucki und Kronthal sind. Sie haben vor dem lieben Gott keine Angst, aber vor der Polizei auch nicht."

„Und wie ging es dann weiter?", fragte ich. „Kam es zu einer Verhandlung?"

„Nur im Ansatz", antwortete Wegmann.

„Es gab einfach keine Sachbeweise. Der Staatsanwalt konnte sich noch so bemühen, er hatte nichts in der Hand. Das mit der Bierflasche und der gegenseitigen Beschuldigung verlief wie das Hornberger Schießen. Es fehlte einfach die Geschädigte, das Opfer. Der Richter eröffnete erst gar kein Verfahren, wegen Mangels an Beweisen."

„Das ist schlimm", sagte ich. „Besonders wenn man sich sicher ist, dass es nur die beiden hätten gewesen sein können."

„Wir alle haben geglaubt, die Strolche gehörten eingesperrt", sagte Wegmann. „Ich habe mit so vielen Ermittlern gesprochen, und keiner war von ihrer Unschuld überzeugt. Vielleicht packt mal einen die Reue und er gesteht. Aber davon wird Sonja S. auch nicht wieder lebendig."

„Ein unbefriedigendes Ergebnis", stellte ich fest.

„Und sind Sie noch immer der Betreuer von Malucki und Kronthal?"

„Ja", antwortete Wegmann.

„Ein fürchterlicher Umstand eigentlich. Aber eine ideale Welt hat und wird es nie geben. Wie sagte schon der gute alte Voltaire: Wir werden diese Welt ebenso dumm und ebenso schlecht verlassen, wie wir sie bei unserer Ankunft vorgefunden haben! In der Zwischenzeit haben wir uns allerdings ganz schön abgerackert."

Ich ahnte nicht, dass er ein halbes Jahr später an einer Embolie sterben würde. Ich sah nur, wie er leidvoll auf seine Siedlung blickte, die ihm wie ein Stein auf dem Herzen lag. Gequält verzog er den rechten Mundwinkel und öffnete mir dann die Tür zum Korridor.

Alex Dreppec

SCHLUSSKURS

Es riecht nach verbranntem
Schnee im Separee.
Die Damen von der Agentur
wurden heimgeschickt.
Unerträgliche Ertragslage.
Keine neue Mission,
keine Neuemission,
vom Ausnahmeeinfall
zum Einnahmeausfall.
Es riecht nach verbranntem Baldrian
in den Chefetagen.
Moribunde Moratorien.
Chefanalysten mit

fiskalischen Analfisteln
denken über einen Standortwechsel
ins Jenseits nach.
Es riecht nach Urin am Eurostandbild.
Lawinen lavieren
nicht, das Weltschneeballsystem rutscht.
Brechende Broker mit
gesplitteten Ehegattinnen.
Schuldenbergsteiger auf der Flucht.
Der Geldhahn
krächzt die letzte Note.
Notenbanknöte.
Nur Mut: deshalb verkauft man
doch die Yacht nicht.

Didi Costaire

Casino Royale

Vor kurzem war in diesem Laden Schicht.
Ein Kartenhaus besteht bloß aus Karton
und ohne heiße Luft fliegt kein Ballon -
worüber heute aber niemand spricht.

Im Hinterzimmer brennt schon wieder Licht,
nach einer Weile strahlt auch der Salon.
Aus finsteren Gesichtern weicht Beton
in einer Aufbruchstimmung, die besticht.

Die Herren haben Einfluss und Gewicht,
die Damen einen üppigen Balkon.
Man redet in gehobenem Jargon,
nur nicht von Pflicht, erst recht nicht von Verzicht.

Beim Glücksspiel drängen sie sich dicht an dicht.
Es wartet ein besonderes Bonbon:
Ein Staatsminister spendet den Jeton.
So paart sich Risiko mit Zuversicht.

Marc Mandel

Bürodämmerung

Sieben Uhr. Heute ist er der Erste im Büro. Herrlich, diese Stille. Den Mantel auf den Haken, die Aktentasche neben den Schreibtisch, die Jacke auf die Stuhllehne. Die anderen Arbeitsplätze sind noch verwaist.

Der Computer quittiert den Druck auf den Schalter mit einem Piep. Das Telefon klingelt.

Kein Kunde ruft so früh an. „Hausgespräch" steht auf dem Display. Die Büroleiterin.

„Schön, dass Sie schon im Hause sind. Kommen Sie bitte um halb acht in mein Büro."

Die Schreibtischschublade unten rechts. Vorsichtig nimmt er die kleine Cognacflasche heraus. Woher weiß sie, dass er hier ist? Der Verschluss klemmt. Mit der flachen Hand schlägt er auf das widerspenstige Blech. Normalerweise ist er nur in der Kernzeit da. Und die beginnt um acht. Der Stuhl rollt fünf Zentimeter zur Seite. Branntwein schwappt ihm auf die Hose. Verdammt. Damit riecht er wie ein Schnapsladen. Er rennt zur Toilette. Runter mit der Hose. Wenn er ein feuchtes Tuch darauf presst, sollte es gehen. Das Handtuch ist weg. In der Damentoilette findet er eins. Mit dem Tuch in der Hand greift er zur Klinke. Eine Toilettentür öffnet sich.

Frau Doktor Priegel steht hinter ihm. Die Büroleiterin.

„Sie schleichen also am frühen Morgen ohne Hose in der Damentoilette herum?"

Die Hand rutscht von der Klinke. Sein Gesicht verfärbt sich. Die Tür fällt hinter ihm ins Schloss. Er hält sich das Handtuch vor den Bauch. „Ich dachte, ich wollte ..."

„Lassen Sie."

Ihre Stimme ist gefährlich leise.

„Kommen Sie in zehn Minuten in mein Büro. Sie können jetzt gehen."

Als er ihr Büro betritt, ist der Fleck kaum noch zu sehen. Frau Doktor Priegel kommt hinter dem Schreibtisch hervor. Beide setzen sich an einen kleinen Tisch in der Ecke.

Die Frau lehnt sich zurück. Sie schlägt die Beine übereinander.

„Wollen Sie mit mir zusammenarbeiten, Peter Orlowsky?"

Sie lächelt kalt.

Karriere macht reich – aber nicht klug, denkt er.

„Ich arbeite doch schon für Sie, Frau Doktor Priegel. Und ich tue es gerne."

„Bleiben wir bei der Wahrheit. Wir alle haben unsere geheimen Perversionen."

Sie legt einen Schlüssel auf die Tischplatte.

„Der passt für das Büro von Freddie Belljes. Er kommt nie vor neun. In der Schreibtischschublade links unten liegt ein gelbes Papp-Dossier. Ich brauche es."

Sie zeigt auf den Schlüssel.

„Schließen Sie sorgfältig ab. Sie können in fünf Minuten wieder da sein."

Die Frau steht abrupt auf.

„Kann ich Ihnen trauen?"

Er nickt.

Freddie Belljes hat sein Büro in der Vorstandsetage. Der Schlüssel passt tatsächlich. Nichts rührt sich.

Orlowsky findet die Akte, klemmt sie unter den Arm, schließt die Lade, huscht zur Tür, dreht geräuschlos den Schlüssel, betritt den Aufzug.

Freddy Belljes steht vor ihm.

„Guten Morgen Herr, ich glaube Orlowsky war Ihr Name, oder?"

„Guten Morgen Herr Belljes."

Er läuft rot an.

„Ich fahre mit Ihnen. Bevor ich heute anfange, will ich mich mit Ihrer Chefin unterhalten. Die kommt doch meistens so früh, oder?"

„Ja, ja, Herr Belljes", murmelt Orlowsky. Den Aktendeckel verbirgt er hinter dem Rücken.

Vergeblich: Belljes sieht ihn in der Spiegelwand des Aufzuges.

Als Peter Orlowsky die Tür des Großraumbüros hinter sich schließt, atmet er tief. Er ist immer noch allein. Den gelben Heftordner legt er in die untere Schublade.

Er greift nach dem Telefon. Die Büroleiterin nimmt sofort ab.

„Ihre Post ist hier."

Mehr sagt er nicht.

Sie auch nicht.

Orlowsky legt auf.

Undeutlich nimmt er wahr, wie die Kollegen eintreffen. Kaffeeduft erfüllt das Büro. Die ersten Tastaturen klappern. Auf seinem Bildschirm erscheinen Zahlenkolonnen. In den nächsten Stunden muss er mehrere verzwickte Angebote ausarbeiten.

Um halb zwölf schaltet Peter Orlowsky das kleine Transistor-Radio ein um die neuesten Nachrichten zu hören.

„Soeben erfahren wir, dass sich der Vorstandssprecher Freddie Belljes durch einen Sprung vom Hochhaus das Leben genommen hat. Die näheren Umstände sind noch nicht bekannt."

Marc Mandel

Kinder-Überraschung

„Gegen drei komme ich zurück. Ich geh sonntags bestimmt nicht gern arbeiten. Spätestens um halb vier bin ich wieder da."

Jetzt ist es gleich zwei.

Ein Versprechen ist ein Versprechen; Töchter kennen keine Gnade.

Britta will ebenfalls um halb vier zu Hause sein.

Sie hat nichts mehr von der grauen Maus, die morgens die Post bringt, die Drucker mit Papier versorgt, sich um die Ablage kümmert. Ohne Brille, mit offenen Haaren, ist sie ein lebenshungriger Teenager; selbst die Jeans sind heute enger.

Vor drei Wochen begann Brittas Ausbildung. Niemand bemerkte, welch hübsches Gesicht sich hinter den dicken Brillengläsern versteckte – außer Dieter Domm.

Am Vormittag war er mit ihr zu einem Promenadenkonzert gefahren. Streichquartett. Eigentlich wollte er zum Jazz-Frühschoppen. Doch Britta liebt Violinen.

Erst hat sie Saft getrunken. Dann konnte er sie zu einem Glas Sekt überreden. Jetzt ist er mit ihr auf dem Weg ins Büro.

Es gibt nur drei Schlüssel – Dieter Domm hat einen; weil er oft abends länger bleibt. Selbst dann, wenn der Chef mal zeitig geht.

Dieter Domm schließt das Büro des Prokuristen auf. Britta fläzt sich auf die heilige Ledercouch. Dieter geht sofort zum Kühlschrank, wo er roten Krimsekt findet. Er holt zwei Gläser.

„Britta, ab sofort darfst Du mich duzen, wenn wir uns

privat sehen. Lass uns Brüderschaft trinken."

„Mir wäre Geschwisterschaft lieber."

Sie umarmt ihn.

„Prost, ich hoffe, es gefällt Dir bei uns."

„Prost Dieter, wow, das schmeckt lecker."

Sie leert das Glas in einem Zug. Hemmungslos küsst sie ihn auf den Mund.

„Lässt Du noch mal die Luft aus dem Glas, ich will mal schnell aufs Örtchen."

Schon ist sie draußen.

Dieter Domm wird den Sekt morgen heimlich ersetzen, am besten in der Mittagspause; montags ist der Prokurist immer in einem Zweigbetrieb.

Neben einem Stoß Akten ist unauffällig eine kleine schwarze Holztür angebracht. Dahinter wartet eine Flasche Wodka. Davon gießt er ihr etwas ein. Sorgsam stellt er die Flasche zurück. Dieter füllt das Glas mit rotem Krimsekt auf.

Britta setzt sich mit strahlender Miene. Sie prostet ihm zu. Er schiebt seine rechte Hand über den unbedeckten Bauch unter ihrem Top. Mit der Linken beginnt er, ihr das Genick zu kraulen. Sie stellt das Glas zurück. Ihre Lippen öffnen sich zu einem innigen Kuss. Seine Hand wandert nach oben, wo er durch den Büstenhalter ihren weichen Busen spürt.

Um ihr das Öffnen des Reißverschlusses zu erleichtern, klappt er die Schnalle seines Gürtels hoch. Routiniert hakt er ihr den BH-Verschluss auf.

Die große Uhr zeigt Viertel nach zwei.

Ein Geräusch.

Ein Schlüssel im Schloss.

Die Stimme Bunsdorfs, des Chefs.

Die Tür zum Büro des Prokuristen steht offen.

Glücklicherweise befinden sich Britta und Dieter im toten Winkel, so dass man sie vom Flur aus nicht sehen kann.

Dieter legt Britta die Hand auf den Mund. Der Chef poltert mit einer weiblichen Person vorüber.

Bunsdorf tönt:

„Unser Prokurist hat bestimmt eine Flasche Sekt für uns aufgehoben."

Wie ein Blitz bringt Dieter Domm die Flasche mit den Gläsern in einen winzigen Nebenraum. Britta zieht er nach. Kaum hat er lautlos die Tür geschlossen, hören sie den Chef rufen:

„Komm, mein Täubchen, bei meinem Prokuristen ist es gemütlicher als in meinem Verschlag. Hier steht sogar eine Ledercouch, so was kann ich mir nicht leisten."

In dem Nebenraum steht lediglich ein kleiner Schreibmaschinentisch. Es ist so eng, dass man ihn hochkant hineingestellt hat. Dieter muss sich an Britta heranquetschen. Er lässt seine offene Hose fallen, die er die ganze Zeit festhielt. Sofort reicht er ihr wieder das Glas. Die andere Hand legt er auf den Mund.

„Wie lange müssen wir denn hier bleiben?"

Britta flüstert.

Er schiebt ihre Hose ebenfalls nach unten:

„Das wird nur ein paar Minuten dauern. Dreh' Dich um und bück' Dich."

Sie sieht ihn überraschend nüchtern an:

„Ich ertrage keine engen Räume. Entweder Du erklärst das Deinem Chef irgendwie, oder ich fange in zwei Minuten fürchterlich an zu schreien."

Ihre Stimme ist leise, aber entschieden:

„Überleg Dir was. Sobald ich angezogen bin, schreie ich."

Dieter beobachtet, wie sie die Hose hochzieht, den Gürtel schließt, den BH zuhakt, an ihrem Oberteil zupft. Sie holt Luft.

Ohne zu überlegen legt Dieter ihr beide Hände um den Hals. Er drückt. Britta bringt keinen Ton heraus. Sie beginnt zu zappeln, nach ihm zu treten, zerkratzt seine Unterarme

– er drückt, bis sich ihr Gesicht verfärbt.

Leblos hängen die Glieder an ihr. Dieter lässt sie behutsam auf den Boden gleiten. Er legt das Ohr auf ihren Mund. Stille. Mit dem Mittelfinger ertastet er die Hauptschlagader unter dem Schlüsselbein. Nichts.

Britta ist tot.

Er hört die beiden im Nebenraum kichern; dort sind sie also nicht bemerkt worden.

Vorsichtig öffnet er das kleine Fenster. Es ist kaum breit genug, dass seine Schultern hindurch passen.

Achtzehn Stockwerke. Unter ihnen die vierspurige Kaiserstraße. Wenn es ihm gelänge, Britta durch das Fenster zu schieben, hätte er eine Sorge weniger.

Er leert ihre Taschen, findet eine nagelneue Packung Kondome, packt alles in das kleine Köfferchen, das sie dabei hatte.

Als er sie an den Armen hochzieht, merkt er, dass er ihr Gewicht unterschätzt hat. Doch das Fenster ist nur einen Meter hoch. Mit der linken Hand packt er sie fest im Nacken, mit der rechten greift er ihr von hinten in den Schritt. Er holt tief Luft und – draußen ist sie.

Sofort schließt er leise das Fenster. Gedämpftes Reifenquietschen.

Erst jetzt nimmt er wieder die Geräusche im Nebenzimmer wahr. Dem lauten Stöhnen nach waren die Herrschaften so mit sich selbst beschäftigt, dass sie nichts mitbekamen.

Dieter Domm wartet.

Noch vor zehn Minuten war er ein mustergültiger Bürger des Landes. Er hatte noch nie gegen ein Gesetz verstoßen, immer pünktlich seine Steuern bezahlt.

Aber was hätte er denn tun sollen? Er hat sich mit einer Auszubildenden eingelassen, also einer Abhängigen, einem halben Kind, wenn man will. Und außerdem noch am Sonntag im Büro. Ein Skandal.

Unten hört er leise Martinshörner und Polizeisirenen. Er wagt es nicht, das Fenster zu öffnen, um hinaus zu sehen. Nebenan treibt das Vergnügen offensichtlich seinem Höhepunkt zu. Fünf Minuten später ist der Spuk vorüber.

Dieter Domm beherrscht sich, bis beide das Büro verlassen haben, öffnet vorsichtig das schmale Türchen, hört, wie die Korridorpforte zu den Büros abgeschlossen wird.

Sorgfältig packt er die Flasche in eine große Plastiktüte, legt die Gläser dazu, auch das Köfferchen, verlässt das Büro. Zuhause wird er alles auf dem Grill verbrennen. Den Rest bekommt der Müllschlucker.

Als er das Autoradio einschaltet, hört er gerade noch den Rest einer Meldung:

„... auf der Kaiserstraße ist offensichtlich durch eine Selbstmörderin verursacht worden. Dabei ist zu befürchten, dass bei dem Unfall mehrere Personen ums Leben kamen. Das waren die Nachrichten. Es ist fünfzehn Uhr fünf."

In der Tankstelle muss er für die Tochter noch ein Überraschungs-Ei besorgen.

Er wird es schaffen bis halb vier.

Ans
Eingemachte

Bernhard Winter

Zerleckt

Seit dem Jahr, in dem er das erste Mal von dem Brennen auf seiner Stirn wach wurde, hatte er nach ihm gesucht, jetzt war es da: das Wort, das endlich nach außen brachte, was schon so lange in ihm war. Zu lange, vielleicht war es zu spät.

Zerleckt hatten sie ihn. Zerleckt mit ihren Zungen, ihren Blicken, ihrem schmeichelnden Singsang. Zerleckt hatten ihn die Tanten, die Musiklehrer, und zerleckt hatte ihn sie, vor allem sie.

Das Brennen, das auf der Stirn begonnen hatte, war in den letzten Monaten auch in die Ohren, unter die Achseln, auf seine Arme gewandert. Es tat nicht eigentlich weh, es war mehr so, dass sich etwas löste, sich auflöste. Als ob Teile seines Körpers weniger wurden.

An seinem 9. Geburtstag hatten sie ihm das riesige Klavier ins Zimmer gestellt. Es war ihre Idee; sie war es auch, die nach dem Tod des Vaters den neuen Namen ausgesucht hatte, seinen Namen. Nicht mehr Hans, „Rico" hatte sie ihn genannt, und zuletzt immer öfter „kleiner Caruso", „mein kleiner Caruso". Damals fand er es schön, dass er ihr gehörte, ganz, mit Haut und Haar. Auch ihre Küsse hatten ihn nicht gestört, sie waren warm, dufteten, schmeckten nach Zimt. Zimt und Salz. Waren es seine Tränen, hatte sie geweint?

Er war zu klein, die Dinge auseinander zu halten. Manchmal wusste er nicht, wo er aufhörte, ob das noch seine Hände waren oder schon die ihren, die langen weißen Klötzchen vor ihm, waren es seine Finger, waren es die Tasten des Klaviers?

Schwarz und weiß, Oktaven oder falsche Akkorde – er hatte den Unterschied einmal gekannt. Der Musiklehrer mit den grauen Augen hatte ihm alles erklärt, ihm freundliche Worte gesagt, ihm beim Schweren die Hände geführt. Aber schon lange war nichts mehr klar. Immerhin hatte er heute das Wort gefunden.

Er spürte das Brennen jetzt auch über seinem Nabel. Die Tante mit dem weichen Haar hatte ihm oft Märchen erzählt, Geschichten von Kindern, die gefressen wurden. Sie war die jüngste Schwester seiner Mutter, ihr hatte er anfangs vertraut. Ihre Küsse waren wie Kastanien, und sie hatte Recht gehabt: Niemand würde ihn fressen. Aber er war weniger geworden, das machte ihm Angst: So viel Schmeicheln, so viele Augen, so viele Zungen. Zerleckt, das war das Wort, er war froh, dass es jetzt da war.

Alex Dreppec

Im Flug erwacht

Er wurde von einem gewaltigen Lärm geweckt, den er nicht einordnen konnte. Was war das? Düsenlärm? Unmöglich. Die Narkose hatte offenbar noch nicht ganz nachgelassen, vielleicht halluzinierte er. Er machte die Augen weit auf und sah – nichts. Beim Versuch sich zu bewegen, stieß er gegen ein Hindernis. Seine Hände fühlten sich noch taub an und seine Arme schwer. Er suchte tastend einen anderen Weg, das Hindernis war jedoch überall. Er war eingepackt. Eingepackt in einen Plastiksack! Er versuchte sich aufzurichten, stieß dabei jedoch mit seinem in Plastik verpackten Kopf gegen ein härteres Hindernis. Jetzt war er hellwach, aber ihm wurde übel und er gab die Versuche, sich mitsamt dem Plastiksack zu bewegen, vorerst auf. Er brauchte Zeit, zu sich zu kommen, Zeit zum Überlegen.

Hatte man ihn nach der Hodenoperation fälschlicherweise für tot gehalten? Das war eine Möglichkeit. Aber wieso konnte er problemlos atmen – waren Leichensäcke mit Luftlöchern versehen? Und weshalb die Düsengeräusche? Es war unwahrscheinlich, dass er als vermeintliche Leiche in einem Flugzeug transportiert wurde. Oder befand er sich auf dem weiten Weg vom Sudan nach Venezuela, wo er bei seiner Familie und in der Nähe seiner Ehefrau beerdigt werden sollte, die er vor einiger Zeit bereits dorthin geschickt hatte? Auch das war absurd.

Er überlegte fieberhaft und begann, die Wahrheit zu ahnen, wollte sie aber noch nicht an sich heranlassen. Er lauschte, ob im Brüllen der Düsen noch andere Geräusche identifizierbar waren. Ja, es waren Stimmen zu hören, es war ihm jedoch nicht möglich, etwas zu verstehen. Er konnte nicht einmal erkennen, welche Sprache da gesprochen wurde. Schließlich schien eine der Stimmen näher zu kommen. Eine männliche Stimme sagte etwas wie:

„Il se bouge" –

„Er bewegt sich."

Damit war klar: sie hatten ihn erwischt. Jemand im Sudan hatte ihn verraten.

Das überraschte ihn nicht einmal sehr, er hatte sich in letzter Zeit schon nicht mehr sicher gefühlt in Khartoum. Aber seit dem Ende des kalten Krieges war er nirgendwo mehr willkommen gewesen, er hatte keine andere Wahl mehr gehabt, als zu bleiben. Er hätte versuchen können, unterzutauchen, aber das war riskant – und verbunden mit einem Verzicht auf so vieles, an das er sich gewöhnt hatte. So hatte er es vorgezogen, die Gefahr zu verdrängen und einen um den anderen Tag verstreichen zu lassen.

Sie hatten ihn offenbar anlässlich seiner Hodenoperation so stark narkotisiert, dass er erst jetzt, im Flugzeug, aufwachte, wahrscheinlich auf dem Weg nach Paris. Er würde wohl den Rest seines Lebens im Gefängnis verbringen.

Er versuchte, vorsichtig zu erfühlen, ob man seine Hoden noch operiert hatte. Dass ihn das noch interessierte, wunderte ihn selbst. Seine Lenden waren noch etwas betäubt, aber er fühlte einen Schmerz, der darauf hindeutete, dass ihm der Sudan, sein früherer Verbündeter, diesen letzten Dienst vor dem Verrat noch erwiesen hatte.

Was für eine Demütigung: er, stolz auf seinen Status als internationaler Star unter den Topterroristen, und jetzt – narkotisiert eingesackt im Rahmen einer Hodenoperation. Er atmete tief durch und beschloss, liegen zu bleiben und der Dinge zu harren, die ihn nun unweigerlich erwarteten. Er musste an einen lange zurückliegenden Streit denken. Ein Kampfgefährte, wütend wegen einer Unvorsichtigkeit, hatte es gewagt, ihn anzubrüllen:

„Eines Tages kriegen sie Dich an den Eiern, Carlos."

Alex Dreppec

Der General

Als der Krieg mit einem teilweisen Sieg seiner Seite endete, gelang es ihm oberflächlich betrachtet relativ gut, sich im zivilen Leben einzufinden. Er hatte am Anfang des Bürgerkriegs geheiratet und wurde kurz nach dessen Ende Vater. Seine Frau zweifelte keine Sekunde daran, dass die Geschichten von den Massenvergewaltigungen Feindpropaganda waren. Er musste von ihr in dieser Hinsicht keine misstrauische Frage fürchten. Genauso wenig ahnte sie etwas von der hinter seiner spröden Nüchternheit und Wortkargheit verborgenen völligen inneren Leere und Gefühllosigkeit gegenüber Menschen.

Der General litt nicht übermäßig unter dieser Leere. Er erklärte sie sich mit dem Fehlen einer ähnlich heroischen Aufgabe, wie sie der Krieg für ihn dargestellt hatte und versuchte, sich mit seiner fortwährenden Tätigkeit in der Armee aufzurichten.

Auch unter seiner Impotenz, die zuerst nach Ende des Krieges aufgetreten war und nach der Geburt des Kindes nahezu vollständig geworden war, litt er anfangs kaum. Seine Frau zeigte sich verständnisvoll und erklärte sie sich mit den schrecklichen Erlebnissen ihres Mannes im heldenhaften Kampf – und mit Nachwirkungen einer Schussverletzung am Oberschenkel, die er nicht, wie er seine Frau glauben ließ, vom Feind beigebracht bekommen hatte, sondern von einem im Siegestaumel besoffen mit der Waffe herumfuchtelnden Kameraden.

Immer wieder erwachte der General mit Erektionen aus Träumen, in denen er Frauen vergewaltigte. Zu der Zeit, in der solche Taten für ihn Gewohnheit waren, hatte er auch bei seiner Frau kaum Erektionsschwächen gehabt. Egal wie schnell er jetzt versuchte, sich seiner Frau direkt nach einem solchen Traum zuzuwenden, er konnte die Erektion nicht halten. Er kam zu der Überzeugung, dass er Vergewaltigungen mittlerweile brauchte. So ging er dem Gerücht nach, dass es noch Lager mit Frauen der anderen Volksgruppen gäbe. Sie waren jedoch aus Furcht vor Entdeckung aufgelöst worden, denn nach dem Krieg versuchte man, das internationale Ansehen zu stabilisieren und in der Hoffnung auf finanzielle Hilfen die Gräueltaten vergessen zu machen.

Ein Kamerad machte ihm gegenüber die Bemerkung, er wisse nicht, wo das Problem sei, schließlich könne man für Geld alles kaufen. Der General gehörte zu den Kriegsgewinnlern und der Gedanke, sich für seine Bedürfnisse durch Bezahlung Befriedigung zu verschaffen, ließ ihn nicht mehr los. So hörte er sich vorsichtig um. Ganz so einfach erschien eine Lösung bei seinen speziellen Bedürfnissen jedoch zunächst nicht. Zu dieser Zeit entwickelte sich ein zunehmender Sextourismus aus den reichen Staaten Europas in einen armen Nachbarstaat. Davon erfuhr er durch einen Fernsehbericht, in dem die westliche Welt der Ausbeutung dieses Staates bezichtigt wurde.

Er verschaffte sich einen Vorwand zur Rechtfertigung vor seiner Frau und reiste in die Hauptstadt des bewussten Staates.

Er hatte kein Hotel gebucht und keine Möglichkeit gefunden, sich vorab darüber zu informieren, wo sich so etwas wie das Rotlichtviertel oder besser noch der Babystrich befand. Deshalb nahm er das erstbeste, leicht schäbige Hotel am Bahnhof.

Als es dunkel wurde, machte er sich auf den Weg und lief durch die Straßen des Bahnhofsgebiets. Er fand nichts. Es wurde ihm klar, dass er jemanden würde fragen müssen, wenn er in dieser Nacht noch ans Ziel kommen wollte.

Doch wen? Es waren um diese Zeit nicht mehr allzu viele Fußgänger unterwegs und nicht alle kamen in Frage.

In der Nähe des Bahnhofs stand ein junger Mann mit dünnen Beinen und einer zu großen Lederjacke unter einer der wenigen funktionierenden Straßenlaternen und versuchte fluchend, sich aus einem Tabakrest eine Zigarette zu drehen. Vertrauenerweckend sah er zwar nicht aus, aber eben darum schien er der Richtige zu sein. Der General war ihm körperlich offensichtlich deutlich überlegen – und er war es gewohnt, in kritischen Situationen die Oberhand zu behalten. So trat er an den jungen Mann heran, sagte „Entschuldigen Sie" und blickte in sein ausgemergeltes Gesicht.

„Was willst Du?", fragte der Angesprochene ihn mürrisch, blickte ihn dabei allerdings interessiert an. Der General antwortete ohne zu zögern:

„Ich suche eine Frau".

Beide sprachen ihre jeweilige Muttersprache, für eine Konversation auf dieser Ebene reichte die Ähnlichkeit der Sprachen aus. Der junge Mann verstand.

„Ich führe Dich zu Frauen", sagte er und lief los, ohne des Generals Reaktion abzuwarten. Dieser folgte ihm.

Nachdem die beiden ein paar Straßen passiert hatten und sich ein Stück vom Bahnhof entfernt hatten, verlangsamte der Vorangehende das Tempo. Jetzt liefen sie beinahe nebeneinander, doch sie sprachen kein Wort. Der junge Mann blickte sich ständig um und suchte konzentriert und wie gehetzt die Gegend ab. Der General erklärte sich das damit, dass es sich bei dem angesteuerten Ziel offenbar nicht um ein größeres Gebiet mit Prostitution handelte, sondern um eine vereinzelte, leicht verfehlbare Ecke oder um ein einzelnes Etablissement. Das war ihm nicht recht, nicht weil er unter mehreren Frauen auswählen wollte, sondern weil er besondere Bedürfnisse hatte, die einen verständnisvollen Zuhälter oder sorgfältig ausgewählte Umstände erforderten. Er wurde ungeduldig. Endlich schien sich das Ziel zu präzisieren. Die beiden bogen jetzt in eine kleinere Seitenstraße ab. Der junge Mann blieb vor einem Haus stehen, wendete sich um und ging einen Schritt zurück auf den General zu, um ihm leise zu sagen, wo er zu klingeln oder hineinzugehen habe – so jedenfalls erwartete das der General, bis er spürte, wie blitzschnell die Klinge eines Messers zwischen seinen Rippen hindurch fuhr. Er sackte zusammen. Mit getrübtem Blick sah er, wie der junge Mann sich über ihn beugte und sein Jackett nach dem Portemonnaie absuchte. Als er nicht fündig wurde, drehte er den General mit einem Tritt auf die Seite, um seine Hosentaschen abzusuchen, wo sich das Portemonnaie befand. Er entnahm es und rannte davon.

Der General versuchte voller Panik, um Hilfe zu rufen. Es gelang ihm kaum, da das Messer in seinen Brustkorb eingedrungen war und er so weder die nötige Luft holen noch die Muskeln zum Schreien anspannen konnte. Auch erkannte er, dass ihn kaum jemand gehört hätte in dieser Straße, die offenbar aus leeren Bürogebäuden und Lagerhallen bestand. Er schleppte sich blutüberströmt ein paar Meter weit, bevor er erneut zusammenbrach und starb.

Lorenz-Peter Andresen

Das Geheimnis des
Simon van Utrecht*

Hamburg, 26. März anno 1430

Godberg Godeke, den alle Welt nur bei seinem Spitznamen Blutgode nannte, trat durch die geradezu riesige, aus
massivem Eichenholz gefertigte Eingangstür des Hamburger Rathauses.

Trotz seiner kräftigen Statur, seines vollen schwarzen Haa-
res und der prächtigen Kleidung, die er trug, wirkte er geradezu winzig unter dem Torbogen. Die lange Narbe auf
seiner Wange, die er sich bei einem Überfall auf Amrum
zugezogen hatte, begann wieder einmal zu schmerzen.
Das tat sie immer, wenn er in Erregung war. Doch der Pirat
ließ sich nichts anmerken. Nur ihm zu Ehren wurde dieses Bankett veranstaltet, welches im Grunde genommen
die reinste Farce war. Er, Godberg, ein ehemals gejagter
Pirat, hatte erfolgreich für die Hanse den Kapitän zur Strecke gebracht, der ihn einst über Jahre hinweg erfolglos für
die Hamburger Kaufleute über die Nordsee gehetzt hatte. Jetzt sollte er dafür auch noch geehrt werden. Godeke
hatte es als Freibeuter mit seinen achtundzwanzig Jahren
wirklich weit gebracht.

Amtsrat der Hanse, Liebherr Feldsteen, ließ zu Ehren der
erfolgreichen Ergreifung des ehemaligen Hansekapitäns
Lars Bondixen ein Fest ausrichten, zu dem alles, was Rang
und Namen hatte, eingeladen worden war. Unter anderem
wurde auch der bereits sehr gealterte Kapitän Simon van
Utrecht zu dieser Festlichkeit erwartet. Dieser kleine und

dicke Mann hatte in seiner Glanzzeit als Piratenjäger Vitali-
enbrüder wie Clawes Stortebeker, Godeke Michel und andere gewichtige Seeräuber zur Strecke gebracht. Jetzt war
Van Utrecht krank. Seine Stirnhöhlen waren vereitert. Ständig lief ihm der gelbe Schnodder aus der Nase und tropfte
ungehindert auf den Wanst oder auf sein Essen herunter.
Godberg Godeke hatte schon viel von diesem Mann gehört, war aber keinesfalls scharf darauf gewesen, ihn jemals
persönlich kennen zu lernen. Schließlich war er der Mörder
seines Vaters Clawes und seines Onkels Michel. Zumindest
war er in seinen Augen dafür verantwortlich gewesen.

Diesmal aber ließ es sich allerdings nicht vermeiden, dass
die beiden aufeinander trafen und sich sogar an der reich
gedeckten Tafel gegenübersaßen. Trotz seiner abwerten-
den Meinung über Utrecht und den ekelerregenden Ab-
sonderungen aus dessen Nase vor Augen musste Godberg
sich eingestehen, dass dieser sofort einen sehr charismati-
schen Eindruck auf ihn machte.
Seine Art zu reden, seine Gestik und seine ohne Zweifel
sehr interessant vorgetragenen Geschichten zogen Godberg wie auch jeden anderen am Tisch schnell in seinen
Bann. So sehr, dass Godeke beschloss, van Utrecht auch
einmal ganz privat kennen zu lernen. Am Ende des Abends
meinte Godberg sogar, er könne sein Glück gar nicht fassen, denn sein Gegenüber hatte ihn flüsternd zu einem
persönlichen Essen eingeladen.
Es schien fast so, als wenn Godberg einen ebensolchen
nachhaltigen Eindruck auf den alten Seemann gemacht
hatte wie umgekehrt. Er solle sich doch bitte am nächsten
Tag zur rechten Zeit am Abend einfinden, denn van Utrecht
hätte ihm noch so manch Eindrucksvolles zu erzählen und
auch zu zeigen. Godberg konnte nicht anders und sagte
sofort zu.
Pünktlich zum Abendessen und mit tief ins Gesicht gezo-

genem Hut fand er sich bei van Utrecht ein, der ihn höchstpersönlich zur Türe einließ. Neben ihm stand ein älterer Mann, der Hut und Mantel in Empfang nahm und die beiden dann alleine ließ.

„Mein lieber Godeke, wie es mich freut, dass Ihr meiner Einladung folgen konntet. Selten habe ich Gäste, deren Niveau auf derselben Stufe angesiedelt ist wie das meinige!"

Als Godberg etwas darauf erwidern wollte, winkte Simon nur ab.

„Nein, nein, ich weiß genau, was Ihr sagen wolltet, aber es stimmt. Wir beide sind aus dem selben Holz geschnitzt, mein Lieber. Nicht so wie diese borniertten Herren Kapitäne der Hanse, die ihr Recht auf den Titel teuer erkauft haben. Ihr dagegen seid mit Leib und Seele ein Seemann, Godeke. Ich habe mich angeregt, mich mit Feldsteen über Euch zu unterhalten. Auch er spricht nur in den höchsten Tönen von Euch. Eigentlich kann ich diesen eitlen Juden ja nicht leiden. Hat sich regelrecht bei der Hanse nach oben getreten. Pfui Teufel, hätte lieber in Judäa bleiben sollen, oder wo auch immer er herkommt. Aber schieben wir ihn doch einfach beiseite. Schließlich sind wir nicht hier, um über die Juden oder die Hanse zu reden, oder? Leider konnte mir Feldsteen nicht viel über Eure eigene Vorgeschichte erzählen. Woher stammt Ihr eigentlich, mein Freund? So jung und schon so bewandert in der Kunst der Seefahrt. Als ich so alt wie Ihr war, da war ich noch Kadett und wusste kaum mehr über die See, als dass das Wasser darin salzig ist, hahaha."

Van Utrecht lachte gackernd. Fragend schaute er Godberg an, der als Pirat solch einem Redefluss eher hilflos gegenüberstand.

„Und wie um Himmels Willen seid Ihr eigentlich zu diesem furchtbaren Spitznamen ‚Blutgode' gekommen? Man erzählt sich ja die abenteuerlichsten Geschichten darüber."

Geduldig wartete van Utrecht auf die ausstehende Antwort.

„Nun, mein Wissen über die Seefahrt beruht wohl nur auf meinem großen Interesse daran, und dass ich jeden seit meiner frühesten Kindheit mit Fragen darüber gelöchert habe, und damit wohl auch mächtig auf die Nerven gegangen bin", antwortete Godberg schmunzelnd.

„Mein Vater und mein Onkel waren ebenfalls Seefahrer, aber sie starben schon vor meiner Geburt. Meine Mutter hat mir erzählt, sie wären von einem gefährlichen Hai zur Strecke gebracht worden, nachdem sie sich einen großen Kampf mit ihm geliefert hatten", fügte er mit leicht bissigem Unterton hinzu, den van Utrecht allerdings nicht weiter zur Kenntnis nahm.

„Und mein Spitzname ..., nun, der beruht wohl darauf, dass ich wie ein Bluthund der Fährte folge, die ich suche. Da haben wir sicherlich etwas gemeinsam."

Van Utrecht war mit dieser Antwort zufrieden. Hätte er gewusst, dass Godberg seinen Namen nur seiner Blutrünstigkeit gegenüber seinen Opfern als Pirat zu verdanken hatte, dann wäre selbst diesem alten Seefuchs sicherlich ein wenig mulmig zumute geworden. Bei seiner erfolgreichen Jagd auf Bondixen, den er wie einst van Utrecht seinen Vater vor Helgoland gestellt hatte, konnte Godberg seinen Blutdurst noch einmal stillen. Brutal hatte er den Kapitän und seine Mannschaft niedergemetzelt und sich dann als Held der Hanse feiern lassen.

„Godeke, der Name ist mir irgendwie geläufig? Aber kommt, kommt. Wir sollten erst einmal etwas zu uns nehmen! Mein Diener Rosenfeld ist unter anderem ein hervorragender Koch und wird uns bestimmt etwas sehr Schmackhaftes zubereitet haben."

Utrecht führte ihn in ein feudales Zimmer, das seinen Reichtum deutlich widerspiegelte. An einer großen Tafel hatte sein Diener tatsächlich ein großartiges Mal angerichtet und beide ließen es sich munden. Zum Glück saßen sie sich wie üblich an den Tischenden in sechs Metern Entfernung gegenüber. So bekam Godberg kaum mit, wenn der eine oder andere gelbe Tropfen aus der Nase seines Gegenübers in dessen Suppe verschwand. Nach dem Hauptgang, einem gebratenen Kapaun mit köstlichem Gemüse, servierte Rosenfeld noch einen alten englischen Port, der extra für Utrecht importiert worden war. Er liebte es, seinen Reichtum anderen zu präsentieren.

„Was soll ich sonst mit meinem vielen Geld machen, außer meinen kleinen Vorzügen zu frönen, oder?"

Danach begaben Sie sich in sein Lesezimmer, in dem für diese Zeit ungewöhnlich viele Bücher in einer eigens dafür konzipierten Regalwand untergebracht waren.

„Die meisten davon sind Bücher und Abschriften unserer Heiligkeit in Rom. Über ein paar Ecken hinweg bin ich mit dem Pontifex verwandt und habe so meine Verbindungen zur päpstlichen Bibliothek spielen lassen. So bekomme ich von vielen interessanten Schriften eine eigens für mich angefertigte Kopie, die sogar das päpstliche Wappen ziert. Möge seine Heiligkeit noch lange die kirchlichen Geschicke lenken, dann mehren sich meine Schätze auch noch ein wenig", fügte er mit einem verschmitzten Lächeln hinzu.

„Wo wir gerade auf Schätze zu sprechen kommen, hihi!"

Plötzlich stand van Utrecht auf und eilte zu einer vertäfelten Stelle an der Wand, zog an einem Kerzenleuchter und wie von Geisterhand öffnete sich eine verborgene Tür. Er drehte sich um und forderte Godberg auf, ihm zu folgen, dem sich eine Überraschung nach der anderen auftat. Er hatte bislang kaum ein Wort erwidert, aber solch einen Alleinunterhalter wie Utrecht wollte man auch gar nicht unterbrechen. Viel zu aufregend waren all seine Ausführungen und Eigenarten. Man konnte ihm fast verzeihen, was er in jüngeren Jahren Godbergs Vater und vielen anderen mit seinen legendären Hetzjagden über die See angetan hatte.

Der geheime Gang führte eine Treppe nach unten und endete in einer Art Verlies. Van Utrecht entzündete mit einer Kerze ein paar Fackeln und ein kräftiger, wunderbar duftender Geruch nach geräuchertem Fleisch breitete sich in Godbergs Nase aus. Im Schein der Fackeln sah er schließlich die großen Schinken an der Decke baumeln. In seinem ganzen Leben hatte Godberg noch nie so viel zu Essen gesehen. Davon konnte ein ganzes Stadtviertel ein halbes Jahr lang leben. Staunend gingen sie durch den großen Raum zum nächsten.

Dort hingen an der Decke nur noch kleine doppelte Kügelchen, zumeist noch mit ein paar Haaren daran. Teilweise eng aneinander gereiht, bildeten sie kleine Gruppen, oder hingen mit einem Schild versehen einzeln an der Decke herum. Je mehr Godberg sich umsah, umso mehr wurden es von diesen kleinen, verrunzelten Beuteln. Wenn er es recht überlegte, dann mussten es Hunderte oder gar Tausende sein.

„Was sind das für kleine Schinken dort oben?", fragte Godberg erstaunt und konnte seinen Blick nicht davon abwenden.

„Ist es eine Art Delikatesse, von der ich noch nichts gehört habe?"

„Das, mein lieber Godeke, das ist mein am besten gehütetes Geheimnis! Es gibt nur sehr Wenige, die wissen, was ich hier unten für einen Schatz gelagert habe. All das sind die Überbleibsel von Piraten, die es gewagt haben, mir über den Weg zu laufen", war die nicht ganz aufschlüsselnde Antwort.

„Ich verstehe nicht ganz, was Ihr mit ‚Überbleibsel' meint?"

Godberg wurde es langsam mulmig. Dieser Simon van Utrecht hütete scheinbar ein Geheimnis, das er nicht viel weiter erkunden wollte.

„Das hier sind alles Pirateneier. Jedem Einzelnen gleich

nach seiner Hinrichtung abgeschnitten und bei mir frisch geräuchert für die Ewigkeit. Wenn es nach mir gegangen wäre, dann hätte man diese Hundesöhne noch vor ihrer Hinrichtung entmannt. Es sind sogar ganz Außergewöhnliche dabei, auf die ich ganz besonders stolz bin."

Godberg musste an sich halten, um sich nicht sofort zu übergeben. Er war unfähig, sich dazu zu äußern. Simon wertete dies als Zeichen dafür, mit seinen Ausführungen fortzufahren.

„Seht Ihr die dort oben?"

Er deutete mit der Hand auf einen scheinbaren Neuzugang, der noch nicht ganz so vertrocknet aussah wie die anderen.

„Das da sind die Klöten eines holländischen Piraten, die von Van de Deen. Dieser elendige Hund fehlte mir schon lange in meiner Sammlung. Er wurde mir vor wenigen Wochen vom Hamburger Scharfrichter heimlich zugesandt. Hat mich eine Stange Geld gekostet, aber sie waren es mir wert. Niedlich oder, hahaha?"

Godberg konnte sich nur zu deutlich an sein eigenes Treffen mit Van de Deen zurückerinnern. Nur um Haaresbreite waren er und seine Männer diesem heimtückischen Piraten entronnen, der auch vor Seinesgleichen keinen Halt machte, oder besser gesagt, gemacht hatte. Dass jetzt aber dessen Hoden geräuchert an einer Decke baumelten, war auch für einen wie Blutgode nur sehr schwer zu verdauen, obwohl er diesem Mann sicherlich keine Träne nachweinen würde.

„Oder seht Ihr diese ganz besonders Wertvollen hier. Da hängen kleine Schildchen mit den Namen der Vorbesitzer dran", erörterte Utrecht erneut mit einem Lächeln auf den Lippen.

„Das sind die Perlen von Stortebeker, und irgendwo hängen auch noch die von Henning Wichmann und Magister Wigbold. Und ..., ja ich glaube dort hinten ist es, da müss-

ten die von Godeke Michel und seiner gesamten Mannschaft sein! Die hab ich allesamt selber zu Ihrem Scharfrichter geführt, haha. Wirklich komisch, findet Ihr nicht
auch, hahaha", lachte er wieder gackernd, und Godberg lief
ein Schauer nach dem anderen über den Rücken.

„Ah ..., jetzt fällt es mir wieder ein. Der Godeke, der trägt
doch den gleichen Namen wie Ihr. Vielleicht seid Ihr ja sogar mit ihm verwandt und wisst es womöglich gar nicht,
hihihi", kicherte er noch und sah dann zu Godberg, der
kaum noch in der Lage war, den Ausführungen dieses per-
versen, vor lauter Aufregung sabbernden alten Mannes zu
folgen.

„Was habet Ihr denn? Ist Euch wegen des Geruchs schlecht
geworden? Vielleicht sollte ich Euch ein anderes Mal noch
ein paar mehr meiner kleinen Schätze zeigen?"

Godberg folgte Simon van Utrecht benommen wieder
nach oben und sog die frische Luft in seine Lungen. Nie
wieder in seinem Leben würde er geräucherten Schinken
zu sich nehmen können. Ihm wurde bewusst, dass seine
Hände sich zu Fäusten verkrampft hatten, und er lockerte
sie nun ein wenig. Hasserfüllt starrte er van Utrecht an. In
seinem ganzen Leben hatte er noch nie so viel Abscheu für
einen Menschen empfunden, wie in diesem Augenblick.

Simon hingegen schien der Ausdruck in Godbergs Gesicht nicht weiter verwunderlich.

„Seht Ihr, so reagieren alle, die jemals mein kleines Geheimnis zu sehen bekommen haben. Und wisst Ihr, welche
Frage dann alle stellen? Ganz einfach: Woher habt Ihr alle
diese, na, sagen wir einfach mal, „Dinger"? Ganz einfach!
Mein Diener Rosenfeld war einst der Henker der meisten
dieser armen Kreaturen. Er hat seinen Dienst treu auf dem
Hamburger Richtplatz, dem Grasbock, verrichtet und mir
dann im Geheimen diese kleinen Mitbringsel zukommen
lassen. Natürlich habe ich ihn dafür gut entlohnt. Aber ich
glaube, er hat es selbst sehr genossen, diesem Mordspack

nicht nur die Köpfe, sondern hinterher auch noch die Eier abzuschneiden! Leider hat er es sich dann irgendwann einmal mit dem Rat der Hanse verscherzt."

Van Utrecht legte eine Hand schräg vor den Mund und flüsterte Godberg im Spaße zu:

„Man hatte ihn einmal gefragt, ob es nicht sehr anstrengend wäre, den ganzen Tag lang Köpfe abzuschlagen? Und wisst Ihr, mein lieber Godeke, was er daraufhin geantwortet hat? Er hat geantwortet, dass es gar nicht so schlimm sei. Er hätte sogar nach einem anstrengenden Tag noch die Kraft dazu, dem gesamten Rat mit seinen Diensten zur Verfügung zu stehen, hahaha. Das hätte ihm dann beinahe selber den Kopf gekostet. Und so ist er schließlich bei mir gelandet. Im Gepäck hatte er noch die Murmeln von einigen Spießgesellen. Sozusagen als kleine Aufmerksamkeit an seinen neuen Arbeitgeber."

Wieder fing van Utrecht an zu kichern.

„Ja, ja. Des einen Leid, des anderen Freud", sinnierte er weiter, während bei Godberg langsam die Nerven mit ihm durchgingen. Dieser Mann durfte nicht weiter das Andenken an seinen Vater, seinen Verwandten und Gleichgesinnten, in den Schmutz ziehen. Aus den Augenwinkeln sah Godberg an der Wand zwei edel gekreuzte Degen hängen. Er lies seinen verspannten Kopf um die Schultern kreisen und das laute Knacken lies sein Gegenüber aufhorchen.

„Ich glaube, ein warmes Bad würde Euren Verspannungen gut tun. Soll ich veranlassen, dass Rosenfeld ein solches für Euch einlässt?", versuchte Utrecht die aufkommende Spannung ein wenig zu lösen, der nicht im Entferntesten ahnte, wodurch diese eigentlich entstanden war. Godberg nahm nun ohne weiteres Zögern einen der beiden Degen aus der Halterung über dem Kamin und ging auf Simon van Utrecht zu. Der bekam nun eine Heidenangst, dass seine letzte Stunde wohl geschlagen hatte. Er versuchte noch, einen Schrei auszustoßen, aber Godberg setzte ihm bereits die rasiermesserscharfe Klinge an die Kehle. Sein Blick wirkte erst leicht vernebelt, doch dann klarte er sich zum Glück für van Utrecht wieder auf.

„Eigentlich sollte ich Euch elendigem Schurken auf der Stelle die Kehle durchschneiden, aber dann müsste ich womöglich vor dem Hamburger Rat noch unangenehme Fragen beantworten. Aber nicht einmal diese wäret Ihr wert! Ich glaube, ich stecke Euch einfach in Euren eigenen Keller und räuchere Euch bei lebendigem Leibe!"

In diesem Moment wurde eine Tür aufgestoßen und Rosenfeld kam mit einem Tablett herein. Die Gläser waren mit einer dunklen Flüssigkeit gefüllt und sollten nach einem gelungenen Abend die Gaumen der Anwesenden erfreuen. Der Diener erfasste die Situation mit einem Blick, stellte ruhig das Tablett beiseite und bewegte sich dann vorsichtig, den Blick immer auf Godberg gerichtet, auf die Wand mit dem zweiten daran befestigten Degen zu.

Godberg ließ den Diener ebenfalls keinen Augenblick aus den Augen. Als Rosenfeld die Waffe aus der Halterung gezogen hatte, schwenkte er seinen Degen gekonnt herum.

„Wenn ich bitten darf, dann nehmt erst einmal mit meiner Wenigkeit vorlieb. Wenn Ihr mich bezwungen habt, wird mein Herr bestimmt jedes Schicksal hinnehmen, das Ihr für ihn auserkoren habt!"

Mit diesen Worten begab sich Rosenfeld in die typische Ausgangsstellung eines erfahrenen Fechters.

Godberg ließ von seinem Opfer ab und begann langsam, Rosenfeld zu umrunden, während dieser wiederum seinen Gegner nicht aus den Augen ließ. Van Utrecht atmete erst einmal auf. Wusste er doch um die Fechtkunst seines ergebenen Dieners, der ihn schon aus manch unangenehmer Situation in den Gassen und Spelunken Hamburgs befreit hatte. Ohne Vorwarnung griff dieser jetzt an, doch Godberg war auf der Hut und parierte den Angriff ohne weitere Mühe.

Zu oft hatte er in der Vergangenheit seine Gegner unterschätzt. Jetzt würde sich zeigen, was die eigene Ausbildung in der Fechtkunst für Fertigkeiten bei ihm hinterlassen hatte. Zwar war der Säbel seine absolut bevorzugte Waffe, aber auch mit dem Degen hatte er jede Gelegenheit genutzt, sich mit Piet Prehm, seinem treuen Freund und ersten Offizier, zu messen, und sich dabei hohen Respekt von ihm erarbeitet.

Aber auch Rosenfeld war ein wahrer Meister dieser Kunst. Er brachte Godberg mehr als nur einmal in arge Bedrängnis wie auch mehrere kleine Schnittwunden am ganzen Körper bei. Doch auch er blieb nicht ohne Verletzungen. Seine Kondition ließ wohl aufgrund seines fortgeschrittenen Alters alsbald deutlich nach, und Godberg gewann schließlich die Oberhand. Es gelang ihm, Rosenfeld einen tiefen Schnitt in seinem rechten Oberschenkel zuzufügen. Er musste dabei die Hauptschlagader erwischt haben, denn in hohem Bogen spritzte das Blut aus der Wunde und zerstörte dabei wertvolle Gemälde an den Wänden und teure Teppiche aus dem fernen Orient, die den kostbaren Parkettfußboden zierten. Der Diener sackte langsam in sich zusammen.

Doch kein Laut des Schmerzes, sondern nur ein tiefes Stöhnen kam über Rosenfelds Lippen. Wollte er doch den vielen von ihm selbst Gerichteten gegenüber kein schlechter Verlierer sein.

Simon van Utrecht schaute mit Entsetzen zu, wie sein treuer Diener verblutete. Als dieser sich nicht mehr regte, fiel er auf die Knie und flehte Blutgode um Gnade. Schließlich hätte Rosenfeld all die Männer ins Jenseits befördert und nicht er. Auch nicht auf seinen Wunsch hin, sondern weil das Gesetz es so verlangte. Ganz falsch lag er mit dieser Angabe ja nicht, wie Godberg verärgert zugeben musste.

Er baute sich wütend mit dem blutigen Degen vor ihm

auf. In der Zwischenzeit war Rosenfelds Kopf auf den Boden gesunken und schaute mit leerem Blick auf die beiden.

„Eigentlich sollte ich Euch genauso wie diesen Henkerssohn aufschneiden und elendig verbluten lassen. Aber ich habe eine viel bessere Idee, was ich mit Euch machen werde. Los, steht auf und seht zu, dass Ihr Euren Diener in den Keller schafft, bevor ich mich noch um Euch beide kümmern muss!"

Godberg legte seinen Kopf ein wenig schief und musterte van Utrecht aus schmalen Augen wie ein Raubtier seine Beute. Der hatte sehr wohl verstanden und versuchte, den Körper seines Dieners irgendwie in den Keller zu zerren. Dabei hinterließ er eine breite und blutige Spur.

Im Kellergewölbe angekommen, ließ ihn Godberg jede Menge Holz heranschaffen. Petroleum wurde in großer Menge vergossen, und anschließend durfte der Hausherr seinen eigenen Keller anzünden.

Eine Gefahr würde für die oberen Räume aufgrund der meterdicken Wände und Decken wohl nicht bestehen, aber hier unten hatte die entstehende Glut eine höllische Wirkung. Alles, was nicht aus Stein oder Eisen gefertigt war, fiel der schwellenden Glut zum Opfer. Auch Tage später quoll noch dichter Rauch aus den Ritzen und ins Obergeschoss und zerstörte dabei weitere wertvolle Gemälde und Möbel.

Nachdem Godberg Simon van Utrecht seinen eigenen Keller hatte anzünden lassen, ging er mit ihm in aller Ruhe wieder nach oben. Van Utrecht sah sich schon dem Tode nahe, doch Godberg schwieg sich lange aus. So lange, bis er die Gewissheit hatte, dass im Keller nichts mehr zu finden war, was dort nicht hingehörte.

„Ich weiß zwar nicht warum, aber ich lasse Euch heute noch am Leben, und wenn dieses Euch weiterhin lieb und teuer ist, so schweigt Ihr besser darüber, was heute vorgefallen ist. Vielleicht erfindet Ihr ja eine plausible Geschichte für Euren Kellerbrand? Ansonsten räuchere ich Euch Eure eigenen Eier. Aber Ihr werdet dann noch dranhängen und genau verfolgen können, wie sie ein so wundervolles Aroma wie ein frischer Schweineschinken annehmen. Mein Wort darauf, van Utrecht!"

Simon wusste sehr genau, das sein Gegenüber es todernst damit meinte und bezeugte Godberg wortreich, dass alles genauso geschehen würde, wie er es wünschte.

Anschließend verließ Godberg das noble Haus. Die beiden sahen sich letztendlich nie mehr wieder, und diesmal war es van Utrecht, der es tunlichst vermied, Godeke nochmals über den Weg zu laufen. Jahre später sollte er sogar noch zum Bürgermeister von Hamburg gewählt werden und kehrte erst danach ein letztes Mal in sein altes Haus zurück, das bis dahin zu einer Ruine geworden war.

***

Am 6. Oktober anno 1437 stieg er noch einmal in seinen alten Keller herunter, den er schon vor vielen Jahren hatte fest verschließen lassen. Aber er hatte nie Ruhe gefunden und gehofft, dass seine kleinen Schätze vielleicht doch noch irgendwie dem Feuerinferno hatten entkommen können. Er ließ einen Bauern mit einem großen Hammer die zugemauerte Tür einschlagen und begab sich dann allein, bewaffnet mit einer großen Laterne, in das alte Gewölbe unter seinen einstigen Wohnräumen. An den Decken deutete nichts mehr darauf hin, dass jemals ein Schinken oder Ähnliches von ihnen heruntergehangen hatte, aber aus der Ecke, in die er seinen treuen Diener Rosenfeld abgelegt hatte, starrte ihm eine nahezu perfekt konservierte Leiche entgegen, die wohl in seiner Abgelegenheit dem Feuer hatte trotzen können. Der grinsende, vertrocknete Schädel löste ein solch heftiges Entsetzen bei van Utrecht aus, dass er fluchtartig den Keller wieder verließ. Sofort wurde die

Tür erneut mit Stein und Mörtel fest verschlossen. Nie wieder sollte ein Mensch die letzte Ruhe Rosenfelds stören.

Nur kurze Zeit, nachdem der Keller ein für alle Mal geschlossen worden war, erlag van Utrecht am 14. Oktober 1437 einem schweren Infarkt und wurde unter großer Anteilnahme der Bevölkerung wie auch hohen Mitgliedern der Hanse und anderen Institutionen zu Grabe getragen.
Sein Wissen aber um Godberg Godeke, den man zu Lebzeiten nur Blutgode genannt hatte, wie auch das Geheimnis um seinen Keller, nahm er mit ins Grab ...

(*wie es sich der Autor erdacht hat)

Didi Costaire

Fußstapfen

Er wurde plump im Frei'n geboren
und hat sogleich am Bein gefroren.
Den Eltern war das nicht sehr wichtig.
Sie fanden ihren Wicht sehr nichtig.
Die haben feist Cointreau gesoffen
und Andis Psyche so getroffen.
Der musste sich verstecken, eh er
zur Schule kam (als Eckensteher),

    wo jahrelang für Andi galt:
    Gewalt ist jung und Ghandi alt.
    Oft griff sie Andi an, die Menge,
    dass dieser heulte: „Mann, die Enge!"
    Sie haben ihn gefoppt, die Kleinen,
    und jeden Tag verkloppt. Die feinen
    Erzieher sahen drüber weg,
    die Mutter motzte über Dreck.

In Klasse 7 – Andi dachte,
im Frühherbst käme dann die achte -
verarschte man den „Hosenscheißer".
Der litt an jenen Chosen heißer
Lolitas, die ihn locker neckten,
mit Zungenschlag am Nogger leckten,
und hinterher, ihn meidend, lachten,
womit sie Andi leidend machten.

Da fragte niemand, wann die andern
auf einem Pfad mit Andi wandern,
doch irgendwann ist Andi groß.
Andreas fühlt sich grandios,
jobbt knüppelhart als Warenpacker
und schlägt erst sich beim Paaren wacker,
dann seine Frau und seine Kinder.
Bislang sind die noch keine Sünder.

Jan-Eike Hornauer

Falsche Bahnen

Schon wieder hakte der Fuchsschwanz. Diana stöhnte genervt auf, dann riss sie das untaugliche Arbeitsgerät aus dem Oberschenkel ihres Mannes und warf es wütend durch die Küche. Inmitten der Scherben ihrer Obstschüssel fiel es scheppernd zu Boden.

Wie nur konnte sie Markus klein genug bekommen für den Transport? Und wo sollte sie dann mit ihm hin? Nun, erst einmal ihn kleinkriegen, das andere würde sich dann schon finden. Hoffentlich. Der Kerl machte wirklich immer nur Ärger! Selbst jetzt noch, wo er tot war. Ihre Mutter hatte ihr damals gleich gesagt:

„Der taugt nichts."

Aber sie hatte ja nicht darauf hören wollen.

Attraktiv hatte sie Markus gefunden, ganz sicher erfolgversprechend.

‚Genialer Finanzer', hatte sie gedacht.

‚Mit dem komme ich ganz groß raus.'

Höchstens Mittelmaß aber war er dann gewesen. Nichts zum Angeben, nichts für den sozialen Aufstieg. Sie hatte sich an einen Versager verschwendet.

Er hatte das selbstverständlich anders gesehen. War zufrieden gewesen mit seinem bisschen Erfolg. Hatte sich Talent attestiert, wo keines war. Hatte von Karriere geredet, wo es keine gab. Und hatte eine gemeinsame Zukunft entworfen, die niemals Realität werden konnte: Weil sie für seine Möglichkeiten viel zu hoch gegriffen war – und weil sie trotzdem Dianas Vorstellungen bei weitem nicht erreichte.

‚So hätte ich nicht leben können, niemals', dachte Diana

und blickte – immer noch neben ihm kniend – verächtlich auf Markus hinab. Dann stand sie energisch auf und ging in den Keller. Vielleicht würde sie da ja geeigneteres Werkzeug finden.

Sie fand es nicht. Für grobe Arbeiten war Markus nicht ausgerüstet: Keine Kettensäge, keine Axt, kein Vorschlaghammer.

‚Viel zu feingeistig – absolut unbrauchbar', schoss es ihr durch den Kopf, und sie war froh, dass er tot war. Wie aber sollte sie ihn endgültig loswerden? Diesen verdammten Versager, der nicht einmal vernünftiges Werkzeug … Wütend trat sie gegen das große Plastikfass, das Markus rund zwei Monate zuvor angeschleppt und hier hereingestellt hatte. Ein hohler Ton erklang, und das Fass geriet deutlich in Bewegung. Offenbar war es nahezu leer.

Diana stoppte sein Trudeln, schraubte den Deckel ab und spähte hinein: Wirklich, nur eine Pfütze frisch gepresster Apfelsaft schwamm noch im Hundert-Liter-Behälter.

‚Fanatiker', dachte Diana angewidert. Täglich anderthalb Liter dieser ekelhaften Brühe!

„Das ist reines Naturprodukt", hatte er gesagt, als er mit dem monströsen Fass angekommen war.

„Da weiß man doch, was man verschluckt."

Und sie hatte das Buddenbrooks-Zitat, das Zitat aus seinem Lieblingsbuch, natürlich erkannt: Wie sehr hatte er sie schon mit diesem elenden Nobelpreis-Schmöker genervt! Doch, wie er stets betonte: Der angestrebte Tanz auf dem besseren Parkett verlangte nach Bildung. Und aus diesem Grund hatte sie es zunächst auch gutgeheißen, als Markus begonnen hatte, sich mit Literatur zu beschäftigen, nicht mehr nur mit Fachbüchern und Zahlenkolonnen. Doch mit der Zeit war es einfach zu viel geworden. Und dann noch der Öko-Trip seit ein paar Monaten! Markus hatte sich, verdammt nochmal, um Wichtigeres zu kümmern, lenkte seine Energie in die vollkommen falschen Bahnen! Diana spuckte angewidert in den ungeheuren Behälter. Dann knallte sie den Deckel aufs Fass und ging wieder in die Küche.

Dort angekommen, musterte sie Markus. Ein Oberschenkel angesägt. Mehr war ihr bislang nicht gelungen. Und mehr würde ihr auch nicht gelingen, wenn sie nicht ein besseres Werkzeug ... Aufgebracht durchwühlte sie die Küchenschubladen. Zwischen all dem Essbesteck, dem Nudelholz, dem Dosenöffner, den Kochutensilien musste doch irgendwas Verwertbares ... Das Beste, was sie fand, war ein Küchenbeil, von dem sie gar nicht gewusst hatte, dass sie es besaßen, vermutlich ein Hochzeitsgeschenk. Jämmerlich klein war es, aber immerhin schien es schön scharf zu sein.

Zur Probe hieb sie mit ihm auf Markus' rechten Ringfinger. Sie traf ihn unterhalb des Eheringes und trennte ihn gleich mit dem ersten Schlag ab – und den kleinen Finger noch dazu. Zufrieden besah sie sich das Werk: So konnte es weitergehen. Nur eine Unterlage brauchte sie noch, damit das Beil nicht auf den Fliesen stumpf wurde und die Fliesen nicht kaputt gingen. Schnell besorgte sie eine Wolldecke. Dann machte sie sich mit großem Einsatz ans Werk.

Eigentlich hatte sie ihn gar nicht umbringen wollen. Zumindest nicht so ungeplant. Wie es doch so weit gekommen war? Sie waren in Streit geraten, weil er nichts taugte, weil er sich nicht genug für seine Karriere engagierte. Das konnte sie nicht dulden – was er nicht verstand, ja, gar nicht erst verstehen wollte. Anstatt auf sie einzugehen, riet er ihr, sich doch einfach mal was zu gönnen, ein gutes Buch am Abend zum Beispiel oder einen frischen Apfel jetzt gleich, beides beruhige ganz ungemein. Da rastete sie aus, warf mit Äpfeln, Bananen, Orangen nach ihm – und schließlich mit der leeren Obstschale. Markus entging allen Wurfgeschossen mit so eleganten Bewegungen, dass es gar schien, als würde er ein Spiel daraus machen. Das befeuerte ihre Wut. Und als sie sonst nichts mehr zur Hand hatte, zog sie sich einen ihrer Stilettos vom Fuß und schleuderte ihn nach Markus. Mit einem kleinen Ausfallschritt brachte der sich aus der Flugbahn. Dann sah er sie herausfordernd an und fragte: „Und jetzt?"

Diana riss sich den zweiten Pumps herunter, schwang ihn, den spitzen Absatz nach vorne gerichtet, in der Luft und bewegte sich langsam auf Markus zu. Der lachte nur. Nahm sie offenbar gar nicht ernst. Da rannte sie die letzten drei Schritte, warf sich mit ihrem ganzen Körper gegen ihn und schlug immer und immer wieder und mit der ganzen Kraft der Rasenden mit ihrem Schuh auf ihn ein – bis dieser steckenblieb: Der lange Absatz hatte sich tief in eine von Markus' Augenhöhlen gebohrt. Kurz darauf entschwand Markus' Körper jegliche Spannung und er sackte zu Boden. Und nun saß sie also hier, ließ wieder und wieder ihr Küchenbeil auf den Leichnam niederfahren. Erstaunlich zäh ging das Zerteilen vonstatten, trotz der unbestreitbaren Schärfe des Küchenbeils, unerwartet anstrengend war es. Markus wehrte sich im Tode wirklich über die Maßen! Bis sie zum Beispiel endlich den Kopf vom Rumpf getrennt hatte, brauchte es ganze fünf Hiebe, nicht nur ein bis zwei, wie sie vermutet hatte. Schließlich aber, nach vielen Mühen, die sich auch am nächsten Tage in ihren Gliedern schmerzhaft bemerkbar machen würden, war er endlich zerlegt: Kopf und Rumpf waren voneinander getrennt, die Arme und Beine hatte sie ihm abgenommen.

„So, fertig. Jetzt bist Du ausflugfein, sprich: transportfähig", sagte Diana und tätschelte Markus' Wange.

„Wo wollen wir denn hin?"

Einen Moment blickte sie ihn fragend an, dann sagte sie:

„Ja, da hast Du wieder keine Meinung zu. Die Frage ist viel zu praktisch für Dich."

Seufzend stand sie auf und sah sich suchend in der Küche um, ganz so, als hoffte sie, hier ein Versteck für Mar-

kus' Überreste zu finden – eine klassische Übersprungs-
handlung. Dabei aber fiel ihr Blick auf die Äpfel. Und der
Keller kam ihr in den Sinn, das praktisch leere Fass. Und
auch dass es zwar recht teuer gewesen, dafür aber auch
wirklich luftdicht zu verschließen war, eine Investition, die
sich im Aroma bezahlt machen würde, wie Markus erklärt
hatte.

„Na, da müsste es Dir doch gefallen", sagte sie. Dann eilte
sie in den Keller, besah sich das Fass genauer, beurteilte es
aus neuer Perspektive. Ja, das sollte wirklich gehen! Vor-
sichtshalber sollte sie nur gleich noch … Von unbändiger
Tatkraft angetrieben, flog sie beinahe zurück in die Küche. Dort teilte sie die abgetrennten Arme und Beine etwa
in der Mitte, dabei nun plötzlich gar keine Anstrengung
mehr verspürend, wenngleich diese im Grunde nicht gerin-
ger war als jene zuvor und ihr ja überdies noch nachfolg-
te. Dann nahm sie den Kopf und die zwei Unterarme und
schritt mit ihnen Richtung Keller. Durchquerte ein letztes
Mal mit Markus – oder zumindest mit seinen wichtigsten
Teilen – ihr Haus. Erst im Vorjahr hatten sie den Neubau
fertiggestellt und bezogen.

‚Wenn das Haus fertig ist, so kommt der Tod', dachte sie
sich und sagte zu Markus:

„Du kanntest die Buddenbrooks gut, Du hättest es wissen müssen."

Sie stieg nun mit ihm die Treppe zum Keller hinab und
der Schuh, der immer noch in seiner Augenhöhle steckte
(aus symbolischen Gründen hatte sie ihn dort belassen),
wippte bedächtig.

Noch vier Mal würde sie diesen Weg gehen müssen (einmal Rumpf, zweimal Oberschenkel, zweimal Unterschen-
kel, zweimal Oberarme). Dann erst würde sie ihn ganz im
Apfelsaftfass verstaut und dieses verschlossen haben, ihn
auf immer vereinigt haben mit seinem Naturprodukt.

Nachdem dies getan war und sie die Küche gereinigt sowie einen Whiskey zur Entspannung und Belohnung getrunken hatte, rief Diana ihre Mutter an.

„Ich bin ihn los", sagte sie.

„Na, Gott sei Dank, Kindchen", erwiderte die Mutter.

„Er hat nun wirklich nichts getaugt."

„Ja, Du hattest Recht. Und nie wieder kaufe ich die Ernte auf dem Halm."

„Wie bitte, mein Kind?"

„Die Ernte ... eine Buchanspielung. Weißt Du, Mutter: Wenn ich das nächste Mal heirate, dann einen, der schon was ist, und nicht einen, aus dem nur vielleicht mal was werden kann."

Als Diana am Tag darauf die Finanz-Unterlagen ihres Mannes durchging, entdeckte sie ein ihr unbekanntes und außerordentlich gut gefülltes Konto. Und auch eine fast schon abbezahlte Immobilie, von der sie nichts wusste.

Woher kam nur das viele Geld? Fiebrig durchforstete sie all seine Geschäftsunterlagen. Und stellte bald fest: Markus hatte eine weitaus höhere Position innegehabt, als er ihr gegenüber angegeben hatte. Und damit verbunden auch ein deutlich höheres Gehalt.

Hatte sie etwa einen schrecklichen Fehler gemacht? – Nein, Markus hatte sie hintergangen. Er hatte alleine aufsteigen wollen, hatte sie alleine ,auf den Steinen sitzen' lassen – und damit den Tod verdient.

„Mache nur solche Geschäfte, dass Du bei Nacht ruhig schlafen kannst", flüsterte sie und warf einen Blick auf den Roman, der wie stets auf Markus' Schreibtisch lag, auf Thomas Manns berühmtestes Werk.

Marc Mandel

Spy Cam

Eva schließt die Badezimmertür.

„Wirst Du das Video löschen?"

David sitzt im Bett.

„Vielleicht."

Er zieht an seiner Zigarette.

„Was zahlst Du?"

Sie holt Luft:

„Du hast mich gefilmt, als ich eine Uhr geklaut habe. Okay. Dann bin ich mitgegangen. Erst haben wir Alkohol getrunken, dann miteinander geschlafen. Ich mit einem Kaufhausdetektiv. Auch okay. Jetzt willst Du Geld. Scheiße. Wieviel?"

Vor der Bank findet sie in ihrem Rucksack eine leere Gummibärchen-Tüte. Die zweihundert Euro, die sie von ihrem Konto abgeräumt hat, legt sie hinein. Das Ganze schiebt sie in seinen Briefkastenschlitz.

Eva tippt auf seine Klingel. Die Wechselsprechanlage quäkt.

„Das Geld habe ich bei Dir eingeworfen. Ich erwarte, dass das Video sofort gelöscht wird. Ende."

Sie spricht wie ein Automat.

Das ist nun drei Tage her. Mit ihrem Freund Karsten sitzt sie im Wiener Café. Er ahnt nichts. Da erkennt sie David an der Theke. Keine Chance, den Kopf wegzudrehen. Er kommt auf den Tisch zu. Eva wird rot.

„Darf ich mich kurz setzen?"

Gibt ihr ein Küsschen auf die Wange, als wären sie befreundet.

„Ich bin David. Ihre Freundin kenne ich flüchtig. Muss

auch gleich wieder zum Dienst."

Karsten stellt sich vor, erzählt, dass er in der Nähe wohnt, dass sie fast ein Jahr zusammen sind, dass er sie von der Schule abgeholt hat, dass sie ein bis zwei Mal in der Woche hier sind, gibt ihm sogar seine Handy-Nummer, fragt nicht, woher sie sich kennen. David bedankt sich artig für die nette Unterhaltung. Er geht.

Um sechs geht ihr Telefon. Sie fährt David an:

„Hast Du das Video gelöscht?"

„Kommst Du vorbei?"

„Wie bitte? Wir haben nichts miteinander zu tun."

„Es gibt da ein neues Video. Du und ich im Bett. Es ist toll geworden."

„Du lügst. Ich bin gleich da."

Eva beim Fellatio. In Großaufnahme. Sie schlägt die Hände vor das Gesicht.

„Das musst Du sofort löschen."

„Am Schnitt dieser zehn Minuten habe ich sechs Stunden gesessen."

„Was willst du damit?"

„Ich kann nicht nachdenken, wenn ich erregt bin. Mach mir die Hose auf."

Alles hatten sie dann gemacht. Anal. Rimjob. Creampie Eating. Konnte es sein, dass er auch das alles wieder gefilmt hatte? Warum fällt ihr das jetzt erst ein? Einen Tag später. Und warum ausgerechnet während der Mathe-Übung? Mit Karsten solle sie Schluss machen, hatte das Schwein gesagt. Wenn David die Videos nicht löscht, wird sie ihn anzeigen.

Es klingelt. Pause.

„Gib mir den Mofa-Schlüssel."

Karstens Gesicht ist dunkel.

„Es ist vorbei."

„Was ist los?"

„Gib bei YouTube ‚Evas Fellatio' ein. Dann weißt Du, was

los ist."

Eva ist allein.

Auf ihrem Smartphone klickt sie YouTube an. Dort sieht sie sich. Mit David.

Sie rennt in den Unterrichtssaal, packt ihre Sachen, läuft nach unten. Zwei Straßen weiter ruft sie David an. Er ist noch im Dienst. Sie verabreden sich um eins bei ihm.

Im ,Pulldown' bestellt sie Whisky-Cola. Die Serviererin zieht die Augenbrauen hoch, als wolle sie nach dem Ausweis fragen. Dann lässt sie es. Eva trinkt das Glas in einem langen Zug leer. Bestellt ein Neues. Auf YouTube meldet sie das Video als anstößig. Als sie drei Gläser getrunken hat, geht sie nach Hause.

„Woher hat Karsten das gewusst?", überfällt sie David um eins.

„Von mir. Ich habe ihm eine SMS geschickt. Du solltest lieb sein zu mir, sonst kriegen andere auch noch die SMS."

Ernüchtert legt Eva den Rucksack auf das Bett.

„Komm' David, ich habe Jim Beam-Cola dabei. Lass uns reden."

Sie nimmt eine Dose aus der Seitentasche.

Er öffnet seine Jeans.

Nach einer halben Stunde liegen sie nebeneinander auf dem Bett. Nackt. David schläft ein. Behutsam öffnet Eva den Rucksack. Leise greift sie nach dem großen Sägemesser. Vorsichtig dreht sie sich um.

Mit einer einzigen Bewegung schneidet sie ihm die Kehle durch. Das Blut schießt in einer Fontaine über das ganze Bettlaken.

Sie wundert sich, wie wenig Kraft sie dafür brauchte.

Sabina Kowalewski

Die Fremde

Ich halte meinen Atem an, schließe die Augen und versuche mir vorzustellen, wie es ist, tot zu sein. Es will mir aber nicht gelingen, in ihn hinein zu schlüpfen. Das Kribbeln, die dunkle Unruhe steigt in meinem Körper auf. Durch eine Öffnung in meinen Zehen muss es hineingekommen sein, gasförmig breitet es sich aus in meinem inneren Raum, schiebt sich hoch bis in die Schenkel.

In der Dämmerung fällt der Regen am Fenster vorbei, läuft in kleinen Rinnsalen an der Scheibe hinunter. Die Ecken des Zimmers sind noch schwarz, ein schwaches Licht dringt bis zum Bett. Die Luft ist beißend, scharf wie ein Schwert, und schneidet sich in meinen Hals, kein liebliches Parfum zu dieser Tageszeit.

Mein Bauch ist jetzt voll von diesen kleinen Teilchen, die sich immer schneller bewegen.

Als ich meinen Kopf drehe, sehe ich dunkle, zerzauste Haare neben mir liegen. Wirr kleben sie aneinander, ranken sich auf dem leuchtend hellen Leinen entlang. Die nackte Schulter ist verdreht und der schlaffe Arm zeigt in meine Richtung.

Ich atme flach. Wenn ich hier noch länger in der Nähe des Todes bleibe, wird es mir die Brust zersprengen. Mit dem Zeh angle ich meine Kleider, die um das Bett verstreut liegen, streife sie über und nehme die Schuhe in die Hand.

Klack – fällt die Tür ins Schloss und die Schritte auf den steinernen Stufen hallen im Treppenhaus. Mit einem schnellen Satz bin ich aus dem Haus gesprungen, gehe so schnell wie jemand, der frühmorgens zu einer Arbeit geht.

Hinter der nächsten Straßenecke quietschen Autoreifen.

Ich denke an die wimmernde verzerrte Stimme in der Nacht. Es gab kein zurück. Sie war dunkel und weich gewesen und so will ich sie immer hören:

Du schaust weg, weichst meinem Blick aus. Du hast mir gleich gefallen. Von meinem Platz beobachtete ich Dich, als Du Dir Deinen Weg durch die Barrikaden der Tische und Stühle bahntest. Dann hast Du eine Zeit lang an der Theke gestanden mit dem Rücken zu mir. Die braunen Locken tanzten auf dem Kragen und ich fasste meinen Entschluss. Draußen unhörbare Geschäftigkeit. Nur noch eine halbe Stunde bis zum Dunkelwerden. Dann senkt sich das Himmelsschild, erdrückt, nein erdrosselt die fremde Stadt, macht sie klein und gleich jeden schmalen Weg, jeden Pfad einsamer als den anderen. Und dann wird der heimtückische Mond aufgehen.

Aber Du kannst nicht immer wegschauen, und so locke ich Dich an, weil Du nicht widerstehen kannst.

Natürlich kanntest Du Dich aus. Ich entlocke Dir die Namen all der großen Plätze, der Kneipen, Kinos und Cafés und vergesse sie gleich darauf wieder. – Nein, fremd blitzen meine Augen. Die können das, wenn ich sie lasse. Aber Deine sind wieder schwach und meine lügen. Deine dunkle Stimme dringt an mein Ohr. Langsam bekommst Du den Blick, auf den ich warte.

Ja, wir können auch die Kneipe wechseln, wenn Du willst. Aber Du musst nicht denken, dass Du damit Zeit gewinnst. Draußen fällt die Kühle auf meine Glieder, hüllt mich ein. Ich muss schnell gehen, um mit Deinen langen Schritten mitzuhalten, aber Du entkommst mir nicht. Ich will schnell wieder hinein. Auch hier gibt es heißen Rauch, süßlichen Biergeruch und verschwitzte Körper und zu alledem Deine Augen. Der Mund erzählt von der Stadt, der See, dem Fotografieren. – Ja, ich fotografiere auch. Stiehlt man so dem Leben?

Ich zahle. Beim Gehen schaue ich an ihm hoch: gefangen

in Jeans der runde Hintern, der Rücken breit und kräftig, kühler marmorfarbener Hals, springende Locken sind immer in Bewegung. Seine Hand tastet an meiner Hüfte.

Ich will, dass er das Licht ausmacht. Dann nehme ich ihm die Rüstung ab. Die Straßenlaterne zeichnet die Umrisse seines Körpers schwarz ab. Ich kenne die Stellen. Auch bei ihm kein Lindenblatt vor der empfindlichsten, völlig ungeschützt. Ich halte ihn. Schwerer Atem dringt an mein Ohr, wird lauter, schießt durch meinen Kopf. So lasse ich nicht die Hände über die Landschaft seines Körpers wandern, ich will ihn gar nicht kennenlernen. Hab ihm auch nicht zugehört, es hat mich nicht interessiert. – Keine Küsse!

Dann hab ich ihn gefangen. Ich halte ihn in meiner Schwärze und Wärme gefangen. Der Augenblick ist gut. Es tanzt auf mir eine Marionette, das Gesicht verzerrt, die Augen geschlossen. Doch ich lasse nicht eher von ihm ab, bis er seine Knabenstimme wieder hat.

Als der Kopf gefallen ist, erahne ich die dunklen Locken. Sie sind völlig aus dem Takt. Und jetzt stirbt er endlich! Ich entkomme, drehe mich um und mache mich frei.

Das Kribbeln ist verschwunden, ich atme tief und mein Schritt wird langsamer. Die Straßen beleben sich, Menschen drängeln auf den Bürgersteigen. Die Mülltonnen werden entleert. Als ich den Bahnhof erkenne, beginnt mein Tag. Am Schalter kaufe ich schnell die Fahrkarte.

Der Zug flieht aus dem grauen Januar-Morgen. Ich lasse den Toten in meiner Stadt zurück.

Psycho
reloaded

Andreas Koch

Die Abkürzung

Auf dem Heimweg dachte Thomas an seine Frau Rachel, die er seit zwei Wochen nicht gesehen hatte und vermisste. Er arbeitete als Monteur für Buchbindemaschinen und kehrte diesmal von einer Druckerei in Boston zurück, wo er einen Thermobinder reparieren und eine Buchbindestraße inspizieren musste. Mit Rachel hatte er täglich telefoniert, doch was ihm fehlte, war die Körpernähe zu ihr. Sechzig Kilometer von Zuhause entfernt, stellte er sich vor, wie er sie bald in die Arme schließen und ihren Duft einatmen würde. Dann fragte er sich, was heute zum Abendessen geplant war. Während seines Aufenthaltes in Boston hatte er sich hauptsächlich von Fertiggerichten und Fast Food ernährt. Rechts von der Straße erstreckten sich weite Felder, die ihm den Blick auf die gewaltige untergehende Sonne nicht verwehrten. Ihre Oberfläche wurde dunkler, während sie sich langsam dem Horizont näherte und die umgebenden Wolkenstreifen rötlich färbte. Auf der linken Seite ragten hohe Bäume über die Fahrbahn und nahmen ihm die Sicht auf die andere Hälfte des Himmels.

Thomas stellte das Autoradio auf einen Rocksender ein und trommelte im Takt der Musik mit seinen Fingern auf das Lenkrad. Mit jedem zurückgelegten Kilometer wuchs seine Stimmung wie auch seine Vorfreude.

Mitten in der Ödnis bemerkte er ein Mädchen am Straßenrand, das ihren Daumen hochhielt. Er schätzte sie auf zwanzig Jahre alt, war sich jedoch nicht sicher, da sich das wahre Alter der Frauen zunehmend schwieriger einschätzen ließ. Das brünette Mädchen trug eine schwarze Hose und eine Jeans-Jacke, deren Ärmel sie bis zu den Ellenbogen hochgekrempelt hatte. Bei sich hatte sie einen abgewetzten Rucksack, der auf einer ihrer Schultern hing. Sie machte einen netten Eindruck.

Thomas fuhr rechts heran, hielt am Straßenrand und wartete, bis sie die Tür geöffnet und eingestiegen war, dann setzte er den Wagen wieder in Bewegung.

„Wohin soll es gehen?", erkundigte er sich.

„Nach Danbury", antwortete das Mädchen und platzierte den Rucksack zwischen ihren Füßen, die in abgenutzten Turnschuhen steckten.

„Oder so weit du fährst."

„Ich fahre bis Newark, also kann ich dich bis Danbury mitnehmen", entgegnete Thomas lächelnd. Sie hatte sympathische Gesichtszüge und einen melancholischen Blick in ihren grauen Augen. Der Zustand ihrer Kleidung ließ ihn vermuten, dass es um ihre Finanzen nicht gut bestellt war.

„Wie heißt du?", wollte er wissen.

„Patricia", stellte sie sich vor. „Und wie ist dein Name?"

„Thomas."

Sie schüttelten sich kurz die Hände.

„Aber ich kann dich nicht bezahlen", teilte ihm die Anhalterin mit.

Der Fahrer winkte ab. „Das brauchst du auch nicht", erwiderte er. „Ich bin froh, wenn du mir Gesellschaft leistest."

„Ist das eine Anspielung?", fragte das Mädchen stirnrunzelnd.

„Nein, wie kommst du darauf?"

Thomas sah sie verwirrt an, doch sie zuckte nur mit den Schultern.

„Willst du in Danbury jemanden aus deiner Familie besuchen?", wechselte er das Thema.

„Nein", lautete ihre schlichte Antwort.

„Du scheinst viel unterwegs zu sein", versuchte er eine Konversation in Gang zu bringen.

„Bist du schon viel herumgekommen?"

„Ich bin keine Landstreicherin, wenn du das meinst", entgegnete Patricia.

„Aber ich reise viel."

„Wenn du knapp bei Kasse bist, kann ich dir aushelfen", bot er ihr an.

„Ich müsste noch ein paar Zwanziger in der Brieftasche haben."

Das Mädchen blickte ihn mit zusammengezogenen Augenbrauen an.

„Hältst du mich etwa für eine Prostituierte?", fragte sie scharf.

„Um Gottes Willen, nein!", beteuerte er.

„Ich wollte keine Gegenleistung für das Geld, ich wollte es dir schenken."

„Aber sicher", schnaubte sie.

„Ihr Männer seid doch alle gleich."

„Das stimmt nicht", widersprach Thomas.

Die Stimmung in dem Wagen wurde zunehmend bedrückend, der Weg erschien plötzlich lang. Hinter Hartford bog er von der Hauptstraße ab, um eine Abkürzung zu nehmen.

„Wo fährst du hin?", fragte die Anhalterin nervös und griff nach ihrem Rucksack.

„Ich nehme eine Abkürzung, so kommen wir schneller voran", erklärte er.

„Du brauchst dir keine Sorgen zu machen", fügte er hinzu, als er ihren Gesichtsausdruck bemerkte.

Patricia öffnete den Rucksack, langte mit einer Hand hinein und förderte ein Messer zutage, dessen lange Klinge über einen Wellenschliff verfügte.

„Halte sofort den Wagen an", forderte sie ihn auf.

„Was ist los mit dir?", fragte der Fahrer verdutzt, ohne das Auto zu verlangsamen.

„Anhalten, habe ich gesagt!", erhob sie ihre Stimme und hielt das Messer gefährlich nahe an sein Gesicht. In ihrer Wut sah sie nicht mehr so sympathisch aus.

Thomas stieg auf die Bremse, brachte den Wagen zum Stehen und drückte sich an die Tür, um möglichst viel Abstand zwischen sich und der Klinge zu gewinnen.

„Was soll das?", wollte er wissen.

„Zuerst machst du anzügliche Bemerkungen, dann bietest du mir Geld an und jetzt verschleppst du mich in den Wald, um dir das mit Gewalt zu nehmen, was ich dir verweigert habe?", brachte das Mädchen in einem Atemzug hervor.

„Nicht mit mir, da hast du dir die Falsche ausgesucht!"

„Ich wollte doch nur eine Abkürzung nehmen", verteidigte er sich.

„Glaubst du, darauf falle ich herein?", zischte sie und rollte mit den Augen.

„Für wie dumm hältst du mich?"

„Jetzt sei doch vernünftig, von mir brauchst du nichts zu befürchten", redete der Fahrer auf sie ein. Als er seine Hand beruhigend auf ihre Schulter legen wollte, wehrte Patricia sie mit dem Messer ab und fügte ihm dabei eine kleine Schnittwunde an der Handkante bei.

„Fass mich nicht an!", schrie sie.

„Steig aus dem Wagen!"

„Wieso, was hast du vor?", fragte Thomas, während er mit geweiteten Augen die blutende Verletzung betrachtete.

„Hörst du schlecht?"

Die Klinge näherte sich zitternd seinem Hals.

„Mach die Tür auf und steig aus!", wiederholte sie ihre Aufforderung.

In seiner Aufregung spürte Thomas, dass seine Geduld am Ende war.

„Das kannst du vergessen", entgegnete er entschlossen.

„Das ist mein Auto, und wenn du nicht mehr mitfahren willst, kannst du ja aussteigen."

Ohne ein weiteres Wort stieß die Anhalterin das Messer in seine rechte Seite, wo es gegen die Rippen prallte. Ein brennender Schmerz presste ihm die Luft aus den Lungen und ließ ihn die Zähne zusammenbeißen. Als er sich die getroffene Stelle ansah, stellte er fest, dass die rechte Seite seines Hemdes sich vom Blut rot gefärbt hatte und an seinem Leib klebte. Obgleich die Wunde nicht tief war, tat sie höllisch weh.

Benommen stieß er die Tür auf und stieg aus dem Wagen, wobei jede Bewegung neue Schmerzwellen durch seinen Körper jagte. Die Straße war in beide Richtungen leer und verlassen.

„Warum nicht gleich so", hörte er hinter seinem Rücken Patricias Stimme, die das Fahrzeug ebenfalls verlassen hatte.

„Immer müsst ihr den harten Macker markieren."

Eine Hand fest auf die Wunde gepresst, drehte sich Thomas zu ihr um. Auf der Klinge ihres Messers konnte er sein eigenes Blut sehen.

„Wieso tust du das?", wollte er wissen.

„Weil ihr es nicht anders verdient", erwiderte das Mädchen, das sich ihm langsam näherte und dabei den Rucksack schulterte.

„Weil ihr nur nach Gewalt und Sex strebt."

Schritt für Schritt wich er vor ihr zurück, doch die Entfernung verkürzte sich.

„Aber du bist doch die mit der Waffe", rief ihr Thomas ins Gedächtnis.

„Diesmal, ja", gab die Anhalterin zurück und machte plötzlich einen Satz nach vorne. Da er im letzten Augenblick seinen Kopf zur Seite drehte, verfehlte die Klinge seinen Hals und zerschnitt ihm das linke Ohrläppchen.

Er taumelte rückwärts.

„Ich bin nicht der Erste", wurde ihm klar.

„Du hast schon vor mir jemanden getötet, nicht wahr?"

„Du bist nicht der Erste, wirst auch nicht der Letzte sein", entgegnete Patricia, deren Augen einen entschlossenen, kalten Ausdruck angenommen hatten und ihn anvisierten. „Komm doch etwas näher."

Als sie ihn erneut angriff, kehrte er ihr den Rücken zu und lief über die Fahrbahn auf den Wald zu. Ihr entschlossener, wahnsinniger Blick ließ keine Zweifel zu, dass sie das Messer benutzen würde – bis zum bitteren Ende. So unbewaffnet und verletzt wie er war, konnte er sich ihr nicht widersetzen, also blieb ihm nichts anderes übrig als die ruhmlose Flucht zu ergreifen und ihr zu entkommen versuchen.

„Du hast keine Chance!", rief sie ihm hinterher.

„Wenn du spielen willst, ziehst du deinen Untergang nur in die Länge. Du stehst auf Qualen, dann kannst du sie haben."

Schwer atmend rannte Thomas durch den Wald, die Schritte der Anhalterin im Rücken. Mit jeder Sekunde verschlimmerten sich die Schmerzen in seiner Seite, wo die Stichwunde durch seine schnelle Bewegungen immer stärker blutete. Der beschleunigte Puls pochte in seinen Ohren und übertönte zum Teil die Schritte seiner Verfolgerin. Bald war er sich nicht mehr sicher, ob er nur seine eigenen Geräusche vernahm oder auch die des Mädchens. Als er eine Anhöhe hinunterlief, stolperte er über einen flach liegenden Baumstamm und stürzte zu Boden, wo eine neue Schmerzwelle ihn überrollte. Thomas stützte sich mit den Händen auf der mit Laub bedeckten Erde ab und rappelte sich mühsam auf. Keuchend saugte er die Luft ein, die wie eine kalte Flüssigkeit seine Lungen füllte, und verzog schmerzerfüllt das Gesicht. Von seinem Ohrläppchen fiel ein Bluttropfen auf seine Schulter. Für einen Augenblick verspürte er ein Schwindelgefühl, dann erlangte er seine Fassung wieder. Als er sich umdrehte, bemerkte er Patricia, die am oberen Ende der Anhöhe auftauchte. Ihre Haare waren zerzaust, aus dem geröteten Gesicht fixierten ihn ihre grauen Augen.

Verzweifelt sah sich Thomas nach einem passenden Stock oder einer anderen Waffe um, mit er sich zur Wehr setzen könnte, doch er fand keine.

„Verdammt", fluchte er und setzte sich wieder in Bewegung.

Zwei Minuten später überquerte er eine kleine Lichtung, als er ein Wolfsrudel erblickte und abrupt stehen blieb. Neben fünf ausgewachsenen Tieren tummelten sich zwei Welpen, die den Zitzen ihrer Mutter noch nicht entwachsen sein konnten. Die großen Vierbeiner traten nach vorne und fletschten ihre langen Zähne, die vom Speichel glänzten.

Mit vorsichtigen Bewegungen wich er vor ihnen an den Rand der Lichtung zurück, während er sich verzweifelt nach einer Rettungsmöglichkeit umsah. Bis zum nächsten Baum waren es nur wenige Schritte, als die Wölfe mit tief gesenkten Köpfen auf ihn zu stürmten. Thomas rannte los und rechnete jeden Augenblick mit scharfen Zähnen, die sich in seine Beine bohrten und ihn zu Boden rissen, doch dann war er schon bei dem Baum, griff nach den unteren Ästen und zog sich an ihnen hoch. Sogleich hörte er unter seinen Füßen die Zähne nach ihm schnappen und kletterte ein Stück nach oben, um sich aus ihrer Reichweite zu entfernen. Sein Atem ging schwer, die verletzte Seite meldete sich mit neuen Schmerzen.

Etwas zog die Aufmerksamkeit der Tiere auf sich, und als er ihrem Blick folgte, sah er Patricia auf die Lichtung stolpern.

„Pass auf!", warnte er sie.

Das Mädchen schaute zu ihm hoch, bemerkte die Vierbeiner und lief zu einer Fichte, an der es hochkletterte.

Um dabei beide Hände benutzen zu können, klemmte sie sich die Klinge des Messers wie ein Pirat zwischen die Zähne, bis sie genug Abstand zum Boden und den dort lauernden Wölfen hatte.

„Dein Glück, dass mir die Wölfe dazwischen kommen!", rief sie zu ihm herüber.

„Sonst hätte ich dich schon erwischt. Aber sie werden nicht ewig hier herumlungern, also mach dir besser keine Hoffnungen."

„Wieso gehst du nicht deines Weges und lässt mich nach Hause fahren?", entgegnete er.

„Ich werde keine Anzeige gegen dich erstatten."

„Das hättest du wohl gerne", zeigte sich Patricia unbeeindruckt.

Thomas dachte fieberhaft nach. Wie lange würde es wohl dauern, bis jemand seinen verlassenen Wagen der Polizei meldete und sie sich die Gegend unter die Lupe nahm? Machte sich Rachel bereits Sorgen, hatte sie schon versucht, ihn auf seinem Handy zu erreichen? Doch sein Mobiltelefon lag im Wagen, wo es ihm in seiner derzeitigen Situation nichts nutzte. Wenn er es bis zu seinem Auto schaffte, würde er davon fahren und nicht erst um Hilfe rufen. Nachdem er eine stabile Position in dem Geäst eingenommen hatte, knöpfte er behutsam sein blutverklebtes Hemd auf und besah sich die Stichwunde. Der obere Teil seiner Hose war von seinem Lebenssaft dunkelrot gefärbt, doch die Blutung hatte inzwischen nachgelassen.

Unten lauerten die Wölfe. Sie hielten seine Verfolgerin auf Distanz, hinderten ihn jedoch gleichzeitig an der Flucht.

„Wieso tust du das?", wollte er von der jungen Frau wissen, die so unerwartet in sein Leben getreten und im Begriff war, es zu beenden.

„Das hast du mich schon einmal gefragt", erinnerte sie ihn.

„Ihr Männer habt es nicht anders verdient."

„Was ist dir widerfahren, dass du alle Männer dieser Welt so abgrundtief hasst?", fragte Thomas.

„Willst du das wirklich wissen?"

Patricia lachte bitter auf.

„Wo soll ich anfangen?"

In schonungsloser Offenheit schilderte sie ihm, wie sie als zwölfjähriges Mädchen von ihrem Stiefvater missbraucht wurde und wie ihre Mutter sich auf seine Seite stellte und an seiner Unschuld festhielt, anstatt ihre Tochter vor ihm zu schützen. Patricia erzählte ihm von ihrer Zeit in einem Kinderheim, dessen Leiter sich regelmäßig an ihr und einigen anderen Mädchen verging. Sie sprach von ihrer Zeit auf dem Strich, ohne ihm die hässlichen Details zu ersparen.

Nachdem sie geendet hatte, schwieg Thomas eine Weile, bevor er sich dazu äußerte.

„Es tut mir leid, was du durchgemacht hast und was du von anderen Männern ertragen musstest", sagte er aufrichtig.

„Aber es sind bei weitem nicht alle Männer so gewalttätig. Ich habe noch nie eine Frau geschlagen oder vergewaltigt."

„Das kann jeder behaupten", erwiderte das Mädchen.

„In deiner Situation würde jeder Frauenschänder behaupten, er sei ein Unschuldslamm."

„Wie viele Menschen hast du schon auf dem Gewissen?", erkundigte er sich.

„Du wirst die Nummer sieben sein", antwortete sie nach kurzer Überlegung.

„Die Sieben war noch nie meine Glückszahl", entgegnete Thomas mit bitterer Ironie.

Dämmerung senkte sich langsam auf den Wald herab. Mit jeder Sekunde wuchsen seine Chancen, dass der verlassene Wagen die Aufmerksamkeit der Gesetzeshüter auf sich zog und sie sich in der Umgebung umsahen. Doch gleichzeitig verschlechterten sich die Lichtverhältnisse, was sowohl ihre Suche nach dem Fahrer als auch seine mögliche Flucht erschwerte. So wie die Wölfe, war auch die Zeit sowohl seine Verbündete als auch seine Widersacherin.

„Ich verstehe, wie du dich fühlst", sagte er.

„Nichts verstehst du", widersprach Patricia.

„Du bist doch gar nicht fähig, dich in eine Frau hinein-zuversetzen."

„Du wurdest unmenschlich behandelt und bist jetzt ver-dammt wütend auf das männliche Geschlecht", fasste er zusammen.

„Aber du vergisst, dass deine Peiniger nur einen winzigen Bruchteil von den dreieinhalb Milliarden Männern ausma-chen, die es insgesamt auf der Erde gibt."

Sie schnaubte verächtlich.

„Die anderen sind auch nicht besser", meinte sie.

„Um das zu erkennen, reicht es schon aus, einmal täglich die Nachrichten einzuschalten."

„Die Medien berichten nur über die Mörder und die Ver-gewaltiger, weil sie damit höhere Einschaltsquoten erzie-len, als wenn sie über die normalen Familienväter berich-ten würden", wandte Thomas ein.

„Du solltest nicht anhand einiger Extremfälle über das gesamte Geschlecht urteilen."

Als sie mit ihrer Antwort zögerte, spürte er, dass sich etwas in ihrer Haltung verändert hatte.

„Möglicherweise hast du recht", sagte sie.

Noch war er nicht aus dem Schneider, doch Hoffnung keimte in ihm auf. Vielleicht würde es ihm gelingen, das Mädchen zur Vernunft zu bringen.

„Gewalt ist nie eine gute Lösung", redete er weiter auf sie ein.

„Ich glaube, dass du traumatisiert bist und therapeu-tische Hilfe benötigst. Lass die anderen dir helfen, deine Erlebnisse zu verarbeiten."

Patricia schwieg eine Weile.

„Sie lassen uns in Ruhe", bemerkte sie unvermittelt.

Erst verstand er nicht, was sie damit sagen wollte, doch als er nach unten blickte, sah er die Tiere davon trotten. Of-fenbar hatten sie das Interesse an den Menschen verloren.

„Warten wir lieber etwas ab, um sicher zu gehen, dass sie nicht zurückkommen", schlug er vor.

Dann fügte er hinzu:

„Du hast doch nicht mehr vor, mich umzubringen, oder?"

„Nein", beruhigte sie ihn.

„Du hast nichts zu befürchten."

Wenig später kletterten sie von ihren Bäumen hinunter.

Thomas verspürte eine ungeheure Erleichterung, wieder festen Boden unter den Füßen zu haben, und fragte sich, was Rachel in diesem Augenblick machte. Im Dunkel konnte er Patricia nur schemenhaft erkennen, als sie auf ihn zu kam.

„Gehen wir zurück zur Straße, solange wir noch etwas sehen können", sagte er.

„Ich bin mir nicht sicher, aus welcher Richtung wir gekommen sind", entgegnete sie.

„Geh du vor."

Er ging an ihr vorbei und schlug den Weg ein, den sie gekommen waren. Plötzlich spürte er einen kalten Gegenstand, der sich in seinen Rücken bohrte und tief in sein Innerstes eindrang. Seine Knie gaben unter dem gelähmten Körper nach, die Welt verschwamm vor seinen Augen.

„Nur ein toter Mann ist ein guter Mann", flüsterte sie ihm ins Ohr, bevor er auf die Erde knallte und sich in der ewigen Nacht verlor.

Yves Drube

A.C.A.B. unter Palmen*

Schnaufend schiebt sich mein Wagen Zentimeter für Zentimeter in Richtung Ampel. Stop and go. Volle Bremsung, wenn sich ein Mofa vor meine Motorhaube wirft, um sich durch den Verkehr zu schlängeln, und Anfahren, wenn man wieder einen Meter Spiel zum Vordermann hat. Bald habe ich die Ampel erreicht. Nur noch ein Stück. Gelb! Rot!

Scheiße!

Der Motor röchelt. Die Klimaanlage kämpft gegen die karibischen Außentemperaturen und scheint den Kampf zu verlieren. Santiago de los Caballeros schmort im Kessel des Cibao. Schweiß tropft mir von den Haaren, das Hemd klebt. Die Luft ist schwer und steht. Die Fahrzeuge um mich herum buhlen um die lauteste Musik. Salsa, Merengue und Bachata verklumpen sich zu einem undefinierbaren Krach. Fliegende Händler wittern ihre Chance der Rotphase, um Duftbäume, Telefonkarten, Früchte und wer weiß was noch alles an den Mann oder die Frau zu bringen. Ich verstecke mich hinter meiner dunklen Sonnenbrille, setze eine ernste Miene auf und verneine kalt mit der typischen Fingerbewegung, sobald sich mir einer dieser lästigen Verkäufer nähert.

Dann die Erlösung.

Grün!

Weiter geht es – über die Kreuzung hinüber und entlang der zweispurigen Straße, dessen Mittelstreifen mit Palmen bepflanzt ist.

Wenigstens kann man nun etwas zügiger fahren. Links von mir heftet sich ein Moped wie ein Schatten an mich. Es überholt nicht, bleibt aber auch nicht zurück und hält dadurch den Verkehr auf, bis das Zweirad auf meiner Höhe ist.

Zwei Fratzen grinsen mich an. Der Hintere streckt mir einen Polizeiausweis entgegen und gibt zu verstehen, anzuhalten. Zivilbullen. Scheiße!

Manchmal weiß man nicht, wobei man besser dran ist: bei einem ganz normalen Raubüberfall oder bei einer Kontrolle der Policía Nacional. Soll ich Gas geben oder anhalten? In wenigen Sekunden analysiere ich die Situation. Vor mir wartet schon die nächste Ampel und mit Sicherheit auch ein Stau. Zum Hitzeschweiß kommt nun auch der Angstschweiß hinzu, der mir langsam den Arsch entlang kriecht. Diese Typen sind bewaffnet und scheuen nicht, davon Gebrauch zu machen. Die jährliche Todesbilanz durch die Polizei geistert durch meinen Kopf. Kurz entschlossen bremse ich. Sie halten direkt vor mir, steigen ab.

Eine Unzahl an Fahrzeugen rauscht an mir vorbei und doch bin ich allein mit diesen zwei Gorillas. Sie kommen näher, der Schweiß läuft. Tropfen sammeln sich auf der Sonnenbrille. Sie stört nun. Ich öffne das Fenster und grüße.

Keine Antwort.

Augenkontakt.

Keine Gefühlsregung bei denen.

Eiseskälte.

Dann wird mir wieder bestätigend der Polizeiausweis unter die Nase gehalten. Ich weiß es doch nun! Mein Puls reitet Galopp.

„Die Papiere!"

Nervös angele ich nach dem Personalausweis und nach meinem Führerschein, die mir aus der Hand gerissen werden. Sie schauen flüchtig drauf, lesen aber nicht in den Dokumenten und geben sie wieder zurück.

„Raus!"

Nein!

Nicht doch!

Wollen sie mir das Auto klauen?

Unsicher schäle ich mich aus dem Sitz. Das Herz klopft bis zum Hals. Der Tag hätte so schön werden können. Ruppig wird mein Körper abgetastet. Mein Handy können sie ruhig haben! Es ist das billigste, was der Markt hergibt. Mich erhaschen viele Blicke von Neugierigen, die vorbeifahren. Hilflos hoffe ich auf bekannte Gesichter, die mir aus dieser Klemme helfen können. Wie soll es auch anders sein: keiner, den ich kenne.

Die Klamotten saugen am Schweiß. Während der eine Typ gerade meine Beine abtastet, steigt der andere ins Auto. Seine Waffe blitzt aus der Hose. Auf zwei Dinge bin ich gefasst: Weniger schlimm ist es, wenn der Typ Gas gibt und abhaut. Schlimm wird es, wenn er ein Tütchen mit weißem Pulver im Auto fallen lässt und dort versteckt, um es hinterher zu finden. Dann haben sie mich am Arsch, ohne dass mir die Justiz je eine Chance geben würde. Wer glaubt schon einem Ausländer in diesem Land?

Das alles läuft wie ein Film ab. Wortlos. Nur wenige Augenblicke und doch unendlich lang. Lass es nur ein Alptraum sein, aus dem ich in wenigen Sekunden erwache.

Der Kopf rauscht. Spannung mischt sich mit Angst. Was wird nun? Dann steigt der Typ wieder aus. Er ist nicht abgehauen. Einer Ohnmacht nahe denke ich an das Tütchen und lasse mich nach diesem stupiden Abtasten auf meinen Sitz fallen. Eine Hand greift in den Wagen und öffnet von innen die hintere Tür. Während der eine am Moped wartet, macht es sich der andere auf der Rückbank bequem. Stumm holt er seine Pistole heraus und spielt an der Sicherung.

Klick ... klack ... klick ... klack ... klick.

Meine Nerven liegen blank, doch ich versuche mir nichts anmerken zu lassen. Bis jetzt habe ich mich recht tapfer gehalten. Nur keine Unsicherheit zeigen. Wie lange kann ich das noch aushalten?

Meine Poren pressen alles an Flüssigkeit heraus, was mein Körper hergibt.

Klick ... klack ... klick ... klack ... klick ... klack.

Dann endlich:

„Woher bist du?"

„Aus Deutschland."

„Die Residencia!"

So eine Scheiße!

Meine Aufenthaltsgenehmigung liegt zu Hause – und da liegt sie gut.

„Habe ich nicht bei mir. Aber meinen Personalausweis."

Gleich fische ich ihn das zweite Mal aus der Brieftasche.

„Nein. Die Residencia!", kotzt er mir entgegen.

„Habe ich nicht hier", entgegne ich resigniert.

Ich fühle mich ausgeliefert. Machtlos.

„Dann fahren wir jetzt zur Ausländerbehörde!"

Was ein Glück! Dort bin ich registriert.

„Ok", antworte ich kurz und starte auch schon den Motor.

Dann spüre ich kalten Stahl im Nacken.

„Halt!"

Mit zugekniffenen Augen wird der Motor nun abgeschaltet. Das Herz ist kurz davor, aus dem Hals zu springen, und ich versuche, es wieder herunterzuschlucken. Der Mund ist trocken, die Hände klatschnass.

„Du wirst Probleme bekommen!"

„Ich dachte, wir fahren zur Ausländerbehörde...", flüstere ich resigniert.

Der kalte Stahl entfernt sich aus meinem Nacken.

Klick ... klack ... klick ... klack ... klick.

„Große Probleme wirst du bekommen."

Klick ... klack ... klick ... klack ... klick.

„Viele Probleme!"

Klick ... klack ... klick ... klack ... klick.

„Probleme!"

Klick ... klack ... klick ... klack ... klick.

„Aber vielleicht ..." Er hält inne.

„Vielleicht kann man sich ja einigen."

Klick ... klack ... klick ... klack ... klick.

Ah! Sie wollen nicht mein Handy, nicht mein Fahrzeug, auch gibt es kein Tütchen. Langsam begreife ich, oder ich meine, es zu verstehen.

Stur nach vorne schauend frage ich:

„Wie viel?"

Mit diesem simplen Fragewort entspannt sich sogleich die Situation schlagartig.

„Das darf ich doch nicht sagen!"

Aufgeregt suche ich nach Geld und halte 500 Pesos entgegen – gleich mit dem Zusatz:

„Mehr habe ich nicht."

Der einzige Geldschein, den ich bei mir trage, wird mir aus der Hand gezogen. Er soll jetzt nur raus hier! So schnell wie möglich raus. Warum steigt dieses Arschloch nicht endlich aus? Statt endlich auszusteigen, haucht er mir seinen schlechten Atem entgegen:

„Bist du zufrieden?"

Höre ich da richtig? Ich muss total blöd aus der Wäsche schauen, denn der Bulle wiederholt noch einmal:

„Bist du zufrieden? Das sollen wir nämlich immer fragen, wenn wir den Leuten helfen."

Das ist zu viel!

„Raus!", schreie ich ihn an.

„Raus!"

Nun habe ich mich nicht mehr unter Kontrolle. Meine Sicherungen sind am durchbrennen.

„Hau ab! Raus aus meinem Wagen!"

Mir ist nun alles egal. Der aufgestaute Stress entlädt sich in Hass. Ohne Rücksicht auf Konsequenzen greife ich nach der Tür. Will raus. Will ihm einfach an die Gurgel!

Doch da sitzt er schon wieder grinsend auf dem Moped, und die beiden Staatsbeamten rauschen ab, um ihren Dienst weiter zu verrichten.

---

* **A.C.A.B.** steht für die englischsprachige Parole „All Cops Are Bastards" (wörtlich „Alle Polizisten sind Bastarde"). Diese wird von zahlreichen Jugendsubkulturen verwendet (siehe auch: Autonome, Skinheads, Hooligans und Ultras oder auch Punks). (Quelle: Wikipedia, http://de.wikipedia.org/wiki/A.C.A.B)

Jan-Arndt Schmidt

Der Bus

„Ich bin ein Individuum! Ich bin von meiner Umwelt unab-
hängig! Ich passe mich nicht irgendwelchen Trends an!"
So steht es auf meinem T-Shirt.

Der Bus ist endlich da. Ich ziehe die Kapuze meiner Sweat-
Jacke über und steige ein. Ohne aufzublicken halte ich das
Ticket in Richtung Fahrer und gehe durch.

Ich gehe zusammen mit Steve und Alex die Treppe zur U-Bahn
herunter. Wir haben gerade die Mathe-Klausur hinter uns. Wir
waren alle drei sehr schnell fertig. Wir wissen alle drei unsere
Note. Wir sind alle drei frustriert.

Ich bin einer, der im Bus hinten sitzen darf. Meine halb
zerfetzten, schwarzroten Chucks beben auf dem Boden.
Jeder soll wissen, dass ich hier bin.

Angestaute Aggressionen. Heute müssen sie raus. Das spüre ich.
Wir gehen in der U-Bahn-Station umher. Da sehen wir eine
ältere Frau. Sie schleicht vor uns. Trägt ein Kopftuch. Hält eine
Aldi-Tragetasche. Adrenalin pumpt in meine Venen.

Einige Leute gucken auf. Ich sonne mich in ihren Blicken.
Auf manche schaue ich abwertend herab – sie gucken direkt wieder weg. Aus dem Fenster. Als hätten sie mich nicht
angesehen. Aber ich weiß es.

Ich gehe schneller. Tunnel-Blick in Richtung alte Frau. Steve
und Alex neben mir gehen auch schneller. Immer schneller. Im-

149

mer schneller. Wir laufen. Wir rennen. Wir ballen Fäuste. Wir rennen die alte Frau um. Sie schreit und stöhnt.

Zufrieden setze ich mich. Ich sitze ganz hinten. Direkt in der Mitte. Mit Blick auf den ganzen Bus. Ich richte meine Diesel-Jeans. Die Risse an den Knien sollen gesehen werden. Ich hole mein I-Phone heraus und starte meine I-Tunes-App. Drehe Metal-Musik auf. Einige Leute drehen sich um. Ein Hochgenuss.

Ich zögere kurz. Wäge die Konsequenzen ab. Dann schaltet mein Hirn ab. Der Frust entlädt sich. Ich trete auf sie ein. Steve tritt auf sie ein. Alex tritt auf sie ein.
FÜR MEINE EX! Ich trete so hart ich kann.
FÜR MEIN KONTO! Ich trete auf sie ein.
FÜR DIE BULLEN! Ich trete auf sie ein. Sie regt sich nicht mehr. Egal. Der Frust muss raus.
FÜR DIE SCHEIß SCHULE! Ich trete auf sie ein.
FÜR MEINEN VATER! Ich trete so hart ich kann auf sie ein.

Drei Türkinnen steigen ein. Sie setzen sich in den Vierer, schräg-links von mir. Zwei Kopftücher, eine Burka. Es zuckt mir in den Fingern. Sie reden irgendwas auf türkisch. Zwischendurch immer wieder deutsche Wörter.
Ich drehe die Musik lauter.
Ich richte meine Nerd-Brille. Eigentlich nicht mein Geschmack. Aber die sind zurzeit ‚in'.
Ein dicker Junge steigt ein. Cola. Chips. Brille. Lockige Haare. Beim Anfahren fällt er hin. Alle Blicke auf ihn gerichtet. Er setzt sich in den Vierer schräg-rechts von mir. Ich knacke laut mit den Fingern. Wieder drehen sich Leute um. Ein Hochgenuss. Wir fahren an der U-Bahn-Station vorbei.

Wir stehen vor der alten Frau. Sie liegt einfach nur da. Blutet. Keine Bewegung. Wir atmen durch und starren sie an.

Der Bus hält an der Hochhaussiedlung. Ein alter Mann steigt ein. Ich lehne mich auf meine Knie und schaue auf den Boden.

Plötzlich kommt ein Opa angerannt. Graue Mütze. Weißer Vollbart. Brauner Pullunder. Darunter ein rot-blau kariertes Hemd. Braune Hose. Braune Schuhe. Schreit wild. Wir rennen weg. Die U-Bahn-Treppen hoch. Straßenseite wechseln. Und weiter rennen.

Ich sehe braune Schuhe. Der alte Mann will hinten sitzen? Mutig. Ich weiche nach rechts. Der alte Mann setzt sich neben mich. Was will er? Links ist noch genügend Platz. Ich richte meinen Blick auf. Braune Hose. Ein rot-blau kariertes Hemd. Darüber ein brauner Pullunder. Weißer Vollbart. Graue Mütze.

Wir kommen ein an einer Bushaltestelle an. Ich bleibe stehen. Steve und Alex gucken mich kurz an. Ich nicke ihnen zu. Sie rennen weiter. Ich warte auf den Bus.

Mein Herz fängt an zu rasen. Der Opa aus der U-Bahn. Ich bin gelähmt. Weiß nicht was ich tun soll.

Er flüstert mir ins Ohr: „Du hast meine Frau an der U-Bahn verprügelt. Ich habe dich gesehen."

Ein stechender Schmerz. Ich muss aufstöhnen.

„Sei still und steig gleich aus. Dann geh ins Krankenhaus. Ein Ton und deine Freunde sind auch tot."

Ich schaue an mir herunter. Ein Messer steckt in meinem Bauch. Das T-Shirt färbt sich rot.

Ich nicke. Der alte Mann zieht das Messer heraus. Ich muss wieder aufstöhnen.

Der Bus hält. Ich steige aus. Ein paar Schritte geradeaus. Dann falle ich um.

„Ich bin ein Individuum! Ich bin von meiner Umwelt unab-
hängig! Ich passe mich nicht irgendwelchen Trends an!"
So steht es auf meinem T-Shirt.

Jennifer Milinski

Die Trauerfeier

Ich traute meinen Augen nicht. Cordula! Was hatte die hier zu suchen? Sie war wirklich die Letzte, die ich jetzt sehen wollte. Unauffällig bahnte ich mir einen Weg durch die trauernden Gäste.

„Was hast du hier zu suchen? Ich hatte dich doch gebeten, dich von mir fernzuhalten!", raunte ich ihr von der Seite zu.

„Entschuldigung, aber ich habe mich nicht durch die ganze Kirche geschlichen, um zu dir zu kommen!"

Ich lächelte vorbeigehenden Gästen zu.

„Was willst du hier?"

„Was wohl? Ich trauere!", sagte sie und hob ihr Kinn ein Stück höher. Sie sah so gut aus.

„Du und trauern! Du bist doch froh, dass sie endlich tot ist!"

Ich bekreuzigte mich.

„Gott möge ihrer Seele gnädig sein."

„Und du nennst mich heuchlerisch!"

„Was soll das wieder heißen?"

Sie musterte mich mit einem flüchtigen Blick.

„Das müsstest du doch am besten wissen."

Langsam platzte mir der Kragen und ich lockerte meine Krawatte.

„Nein, Cordula, das weiß ich nicht! Könntest du dich bitte etwas klarer ausdrücken?"

„Zu gern, Herr Ehebrecher!", zischte sie und schlug mir mit ihrer Handtasche vor die Brust.

„Betest hier um das Seelenheil deiner verstorbenen Frau – dass ich nicht lache! Du solltest lieber um dein Seelenheil beten!"

Sie nickte dem eintretenden Priester freundlich zu.

„Das ist ja wohl die Höhe!"

Ich konnte mich gerade noch halten.

„Wann hast du eigentlich das letzte Mal gebeichtet?"

„Das geht dich gar nichts an! Soweit kommt's noch!", konterte ich angestrengt lächelnd. Ich wollte noch etwas sagen, doch der Priester bezog Stellung auf der Kanzel.

Die Gäste verteilten sich auf die Bänke. Eigentlich sollte ich vorne sitzen, stattdessen schob ich Cordula in die letzte Bank und setzte mich neben sie.

„Wer hat dich eigentlich eingeladen?", nahm ich das Gespräch wieder auf.

„Dein Bruder", entgegnete sie schnippisch und strich ihren Rock glatt.

„Erwin, na, das hätte ich mir ja denken können! Der muss sich auch überall einmischen."

„Ich fand es sehr nett von ihm."

„Nett, ach hör doch auf! Er wusste ganz genau, dass ich dich nicht dabei haben wollte."

„Tja, er fand aber, dass ich auch die Möglichkeit haben sollte, mich von Marianne zu verabschieden. Schließlich habe ich sie ein Jahr lang gepflegt."

„Prima, die Gelegenheit hattest du jetzt, du kannst also gehen!"

„Vor dem Kondulierungsmahl?"

Ich starrte sie entgeistert an, das war mehr als geschmacklos. Sie griff nach dem Gesangbuch und erhob sich zusammen mit den anderen. Meine Krawatte zurechtrückend stand ich ebenfalls auf und blätterte geräuschvoll in meinem Buch.

„Was willst du noch von mir, Cordula?"

„Ich hatte gehofft, wir könnten uns noch einmal aussprechen."

Ihre Stimme bekam einen sanfteren Klang.

„Aussprechen! Es gibt nichts mehr, worüber wir noch sprechen könnten."

„Aber du hast einmal gesagt, du liebst mich", piepste sie hinter hochgehaltenem Buch.

„Liebe!"

Ich lachte kurz.

„Das war, bevor du an den Schläuchen herumgefummelt hast!"

„Ich wollte sie erlösen."

„Erlösen! Hierzulande nennt man so etwas Mord!"

„Aber ich hab´ es doch für dich getan – für uns."

Gegen das Ave Maria kam ihre Stimme kaum noch an.

„Uns? Es gibt kein uns! Begreif das endlich! Ich muss jetzt nach vorn."

Als ich mich später noch einmal umsah, war sie fort.

Barbara Siwik

Die Kunst des Könnens

„Während meiner Abwesenheit bleibt die Galerie geschlossen", sagte der Kunsthändler Ralf Genthe und strich sich nervös übers Haar.

„Meine Sekretärin ist ebenfalls nicht erreichbar. In dringenden Fällen steht Ihnen unser Anwalt zur Verfügung."

Der Chef der Wach- und Schließfirma machte sich Notizen, begleitete den Kunden zum Taxi, das diesen zum Leipziger Flughafen bringen sollte und wünschte viel Erfolg in geschäftlichen Dingen.

„Werd' ich haben!"

Der Kunsthändler lächelte.

„Hab' ich immer!"

Wie es schien, hatte sich der Mann in dieser Hinsicht diesmal jedoch gründlich geirrt, denn eines Tages meldete die Sekretärin ihn bei der Polizei als vermisst.

„Er wollte nur für drei Tage nach Frankfurt fliegen. Das ist mehr als zwei Wochen her."

„Und da kommen Sie erst jetzt?", wunderte sich der Beamte.

„Ich hatte Urlaub", verteidigte sich die junge Frau.

„Gestern war mein erster Arbeitstag. Es ist normal, dass ich morgens als erste in der Galerie bin. Aber dort hing noch immer das Schild WEGEN URLAUB GESCHLOSSEN. Das war merkwürdig; und auf dem Anrufbeantworter befanden sich mindestens zehn Anfragen von einem Kollegen meines Chefs, der wissen wollte, warum er zum vereinbarten Treff in Frankfurt nicht erschienen sei.

Ich fuhr sofort zu Genthes Haus. Es war niemand daheim.

Ich rief den Wachdienst und den Rechtsanwalt an. Er hatte sich nirgendwo gemeldet. Und nun bin ich hier."

Kommissar Klein übernahm den Fall und fuhr zum Leipziger Flughafen.

„An Bord ist er jedenfalls gegangen, und oben macht der Flieger ja nicht Halt", versicherte die Dame am Terminal, um einen lockeren Ton bemüht. Alles war relativ: Ein Erwachsener wurde vermisst – zum Glück kein Kind!

Klein entschloss sich, zunächst einmal die Villa des Kunsthändlers aufzusuchen, eher er die Kollegen in Frankfurt bemühte.

Der Chef der Wachdienstfirma begleitete ihn persönlich.

Das Haus war stilvoll eingerichtet. Genthe verstand nicht nur etwas von Kunst, er war scheinbar auch selbst künstlerisch tätig, denn in einem zweckdienlich ausgeleuchteten Atelier im Keller standen mehrere Holzplastiken. Eine davon war offensichtlich gerade in Arbeit. Neben dem Atelier befand sich eine luxuriös eingerichtete Bar. Die Schmalseite des Raumes wurde von einer Vitrine eingenommen, die eine Rückwand aus Einwegglas besaß.

Der Wachdienstchef schüttelte den Kopf.

„Verrückt! Wozu braucht der Genthe die, wenn dahinter kein Gelass ist, von dem aus man unbemerkt in die Bar blicken möchte?"

Klein grinste.

„Leute, die in Geld schwimmen, sollte man nie nach der Logik ihrer Beweggründe fragen. Vielleicht gibt's doch ein verborgenes Kämmerchen, und andere dürfen den Orgien zuschauen, die hier gefeiert werden."

Es war nicht ernst gemeint, aber der Wachdienstchef drückte und schob daraufhin auf der Suche nach einem versteckten Mechanismus an der Vitrine herum. Erfolg hatte er nicht.

Nach der unergiebigen Suche in der Villa nahm Klein sich die Nachbarn zur Rechten und Linken vor.

Links wurde der Kunsthändler als Sonderling geschildert.

„Ä Häbbchn zugegnöbbd!", versicherte der ältere Mann.

„Nee! Das gannch nu nich sachn", widersprach seine Frau.

„Zu mir is ä immer sehr zevorkommd."

„Viele Besucher?", forschte Klein.

„Nee, dadavon hammer nischd gemergd! Geene Leudde nich", erklärte das Ehepaar übereinstimmend.

Der Eigentümer des Hauses rechts war nicht daheim, aber seine Frau legte sich dafür ordentlich ins Zeug.

„Gehn Se mer bloß wech!"

Sie verdrehte die Augen und fuhr dann mit gedämpfter Stimme fort:

„Da gommd immer änne ’Jungsche’ mit ä gleen Audo. Die is uffjedagld, gannch Ihn’ sachn! Wer weeß, was die beedn da drinne alles anschdelln!"

„Dann hat Herr Genthe also häufig Gäste?", erkundigte Klein sich auch diesmal.

„Nu nee! Das nich grade", gab die scharfzüngige Alte verlegen zu.

„Aber Se wissen doch, wie's is: Schdille Wasser sin dief!"

Klein sah zu, dass er schleunigst aus dem Fahrwasser der Klatschbase herauskam. Die Beschreibung der ’Jungschen’ passte auf die Sekretärin des Kunsthändlers. Freilich – wer, wenn nicht sie, sollte hier auftauchen?

Der Vollkommenheit halber klapperte er sämtliche Galerien der Stadt ab, um überall zu erfahren, dass Genthes Kontakte zu den Berufskollegen zumeist aus Telefonaten und Begegnungen auf Kunstauktionen bestanden.

„Wissen sie, dass er selbst auch künstlerisch tätig ist?", fragte Klein.

Jedes Mal gab es erstaunte Gesichter. Aber möglich war ja vieles!

Nun war es an der Zeit, sich an die Kollegen in Frankfurt zu wenden. Klein schickte nach ausführlichem Telefonat ein Foto des Vermissten an die zuständige Dienststelle und setzte sich auch mit dem Hotel in Verbindung, in dem für Genthe ein Zimmer reserviert worden war. Er war dort nie eingetroffen.

„Ich weiß nicht, was ich von der Sache halten soll", sagte Klein zu seinem Kollegen.

„Eine Entführung ist es nicht, da hätte sich längst einer mit Forderungen gemeldet. Ein Bösewicht war Genthe auch nicht, warum sollte ihm einer an den Kragen wollen?"

„Vielleicht kannte ihn einer, der dachte, ein Galerist schleppt Tausender im Aktenkoffer herum, und hat ihn deshalb ..."

Der Kollege machte eine entsprechende Bewegung.

„Dann müsste der Mörder von der Reise und deren Anlass gewusst haben und mitgeflogen sein", erinnerte Klein.

„Warum nicht?", sagte der Kollege.

„Es hat schon verrücktere Vorgehensweisen gegeben."

Aber beide glaubten nicht wirklich an diese Version.

Bald darauf traf aus Frankfurt die Kopie des Überwachungsvideos aus der Flughafenhalle ein. Darauf war Genthe mit einer Reisetasche zu sehen. Dem Video hatten die Frankfurter Kollegen das magere Ermittlungsergebnis beigefügt: Ein Taxichauffeur wollte den Kunsthändler wartend vor dem Flughafen gesehen haben.

Klein rief die Sekretärin an. Sie erschien im Kommissariat, bestätigte, dass der Mann auf dem Video ihr Chef sei und riet, mit dessen Rechtsanwalt zu sprechen.

„Ich habe ihn bereits über das Geschehene informiert, denn ich darf laufende Geschäfte nur mit seinem Einverständnis weiterführen."

Der Anwalt versicherte Klein, er kenne den Kunsthändler als Menschen, der sein Leben bis ins Kleinste geregelt habe und die Vorsicht in Person sei. Deshalb müsse man wohl von einer Entführung ausgehen.

Der Kommissar schüttelte den Kopf und sagte, in der Regel seien Entführungen mit Lösegeldforderungen verbunden.

„Aber wer wäre denn zum Beispiel im Todesfall Nutznießer des Vermögens?"

Der Anwalt erwiderte, in Genthes Testament, das dieser vor einigen Wochen aufgesetzt habe, sei dessen Bruder Uwe als Alleinerbe benannt, ausgenommen ein Betrag für die Sekretärin.

„Aber das ist keine Summe, die das Vermögen schmälert."

„Und wo lebt der Bruder?", wollte Klein wissen.

„Da beginnen die Schwierigkeiten", seufzte der Anwalt.

„Der Mann führt ein unstetes Leben. Soviel ich weiß, riss die Verbindung zwischen den Brüdern ab, weil Uwe Genthe unter der bislang bekannten Adresse nicht mehr auffindbar war."

Klein fuhr in die Galerie. Die Sekretärin wusste nichts von einem Bruder.

„Ich kenne auch keinen, den Sie fragen könnten", sagte sie.

„Der Chef war ein Eigenbrödler. Sein ungeteiltes Interesse galt Bildern und Kunstgegenständen. Hin und wieder bestellte er mich in die Villa, um besonders dringende geschäftliche Dinge auch nach Feierabend zu regeln."

„Könnte es sein, dass Ihr Chef gesundheitliche Probleme hatte?", erkundigte Klein sich vorsichtig.

Die Sekretärin blickte irritiert auf.

„Was hätte das mit seinem Verschwinden zu tun?", wunderte sie sich.

„Nun, er hat vor einiger Zeit ein Testament hinterlegt. Gewöhnlich macht man das in seinem Alter noch nicht, es sei denn, dafür gäbe es einen Grund. Übrigens sind auch Sie bedacht worden."

Erstaunen zeigte sich auf dem Gesicht der jungen Frau.

„Das Testament passt zu seiner allgemeinen Vorsicht", erwiderte sie.

„Aber dass ich etwas erbe ..."

Entweder war sie wirklich ahnungslos oder eine gute Schauspielerin.

Die Wochen vergingen, der Kunsthändler blieb unauffindbar.

Nach einem Jahr erfolgloser Ermittlung wurde der Fall auf Eis gelegt und die Galerie vorerst geschlossen. Der Rechtsanwalt verwaltete inzwischen Vermögen und Villa des Vermissten in der Hoffnung, er oder dessen Bruder werde sich eines Tages melden. Mit der Überwachung des Anwesens blieb weiterhin die Wach- und Schließgesellschaft betraut.

Zwei Jahre nach Genthes Verschwinden entdeckte der Wachmann bei einem Kontrollgang auf dem Gelände, dass der Geräteschuppen aufgebrochen worden war. Ein völlig betrunkener Obdachloser hatte sich dort einquartiert. Der herbeigerufenen Polizeistreife gegenüber behauptete der Mann, er sei zu Recht hier und wies seinen Ausweis vor. Der Familienname Genthe stimmte, als Wohnsitz war eine Stadt in Süddeutschland eingetragen.

Die Streife nahm den Mann mit in die Ausnüchterungszelle.

Am Morgen fand Kommissar Klein den Ausweis samt dem Bericht der Streife auf seinem Schreibtisch vor. Überrascht studierte er das Passbild. Das also war der Bruder des Kunsthändlers. Was für eine Ähnlichkeit! Als er jedoch die Zellentür öffnete, blinzelte ihn ein verwahrloster Mensch an, der diesem Passbild in keiner Weise gerecht wurde.

„Sie sind Uwe Genthe?"

„Seit meiner Geburt", knurrte der Gefragte und beschwerte sich im gleichen Atemzug über die Behandlung, die ihm widerfahren war.

„Was erwarten Sie, wenn Sie in ein fremdes Anwesen ein-dringen?", erwiderte Klein.

„Was heißt fremd? Wenn mein Bruder daheim gewesen wäre, hätte ich nicht über den Zaun kriechen müssen", verteidigte sich der Mann.

Klein war dennoch auf der Hut. Der Mann musste nicht alles wissen.

„Ihr Bruder ist derzeit auf Reisen", sagte er.

Uwe Genthe knurrte, etwas in dieser Art habe er befürchtet.

„Aber es muss doch jemand den Schlüssel für die Villa haben. Ich möchte mich endlich mal wieder waschen und rasieren."

Klein versprach sich zu kümmern. Er rief den Anwalt an, teilte ihm das unverhoffte Auftauchen des verschollenen Bruders und dessen Wunsch mit, in der Villa ein- und aus-gehen zu dürfen.

Der Anwalt riet dringend davon ab, dem Mann vor Klä-rung der Sachlage irgendetwas zu bewilligen. Er traf damit zwar die Meinung des Kommissars, aber der gab auch zu bedenken, dass man den Mann nicht in der Ausnüchte-rungszelle behalten oder gar durchfüttern könne.

Die beiden Männer einigten sich auf ein Taschengeld aus dem verwalteten Vermögen und der Anwalt meldete den Landstreicher telefonisch für einen Platz im Obdachlosen-heim an.

„Es ist ja nur für kurze Zeit. Wenn Ihr Bruder zurück ist, wird sich alles klären", versicherte der Kommissar, als er den Ortsunkundigen dort ablieferte.

„Schon gut, ich bin hart im Nehmen."

Uwe Genthe griente.

„Meine bärtigen Freunde in Amsterdam könnten es be-zeugen."

Der Mann machte es Klein einfach, nach Dingen zu fragen, die er ohnehin in Erfahrung bringen musste.

„Was hatten sie denn dort zu suchen?", forschte er.

Der Bruder des Kunsthändlers hob die Schultern.

„Ich bin ein Wandervogel. War ich schon als Kind. Man musste mich ständig suchen."

Klein fragte noch dies und das und erhielt auch Auskunft, mal umfassend, mal stockender, unter anderem auch, dass Uwe Genthe eine Bildhauerausbildung abgebrochen hatte.

„Kein Wort zu Ralf über Amsterdam, wenn er wieder auftaucht", bat der Landstreicher zuletzt.

„Das muss ich mit ihm allein ausmachen."

Kriminell war der Bruder des Kunsthändlers nie auffällig geworden, obwohl auf dessen süddeutschem Konto seit zwei Jahren gähnende Leere herrschte. Zuvor hatte es der Bruder Ralf immer wieder reichlich aufgefüllt, ohne dass er wusste, wo sich der 'Wandervogel' herumtrieb. In einem Anflug von bissigem Humor sagte Klein zu seinem Kollegen:

„Einer schaffte die Kunst an, damit der andere sie auffressen konnte. Ein Dummer und ein Gauner – aber immer kunstvoll!"

„Und da sage einer, die Kunst ist brotlos!", griente der Kollege.

Der Kommissar schickte ein Fax an die Kollegen in Amsterdam, worin er alles auflistete, was der Bruder des Kunsthändlers ihm erzählt hatte, dazu ein Bild des verwilderten Uwe.

Die niederländischen Kollegen verstanden ihr Handwerk ebenfalls bestens, und so wusste Klein innerhalb weniger Tage, dass der 'Wandervogel' zum Zeitpunkt der Reise seines Bruders tatsächlich mit anderen Obdachlosen in einem Amsterdamer Abrisshaus gelebt haben musste. Somit waren die Zweifel am Anspruch des Landstreichers auf das Erbe weitgehend ausgeräumt.

Nun erst klärte der Kommissar Uwe Genthe über das Schicksal seines Bruders Ralf auf. Der gab zu, dass er sich bereits so seine Gedanken gemacht habe.

„Ich bin ja nicht dumm. Ralf ist viel zu lange verreist. Außerdem – warum laufen Sie mir ständig über den Weg? Die Polizei, dein Freund und Helfer? Dass ich nicht lache!"

Über den Charakter des Vermissten sagte er Ähnliches wie der Anwalt.

„Ralf hat nie etwas dem Zufall überlassen, im Gegensatz zu mir. Mit ihm kann nur Schlimmes passiert sein."

Auf Wunsch des Anwalts sollte zur Testamentseröffnung auch Klein anwesend sein. Außerdem hatte er den Kommissar gebeten, mit dem Bruder des Kunsthändlers einen Herrenausstatter und einen Frisör aufzusuchen. Das Ergebnis war beachtlich: Die Brüder glichen einander wie Zwillinge. Nun, Uwe war vielleicht etwas schlanker als Ralf, aber darin bestand auch schon der einzige Unterschied.

Am Nachmittag trafen sich alle in der Kanzlei.

Klein richtete es ein, dass er vor Uwe Genthe eintrat, wechselte ein paar freundliche Worte mit der Sekretärin und beobachtete gespannt deren Reaktion, als der in die Zivilisation Zurückgekehrte in der Tür stand. Tatsächlich entfuhr der Sekretärin ein erstaunter Ausruf, den der Ankömmling lächelnd quittierte. Auch der Anwalt schüttelte ungläubig den Kopf. Er hatte Uwe Genthe bisher nur mit Rauschebart und langem Haar gesehen.

Nach Erledigung aller Formalitäten fuhren die Männer in die Villa. Dort roch es stark nach Moder.

Klein blickte sich prüfend um. Das berufliche Misstrauen meldete sich stärker denn je. Gerade in letzter Zeit beschäftigten ihn immer wieder hartnäckig zwei Umstände ...

„Sie sollten gründlich lüften", sagte er zu Genthe.

„Ich bin allergisch gegen Moder und warte lieber draußen im Gelände. Meine Anwesenheit ist ja nicht zwingend."

Kurz darauf verließ auch der Anwalt die Villa und gesellte sich zu Klein.

„Er will die Galerie weiterführen", erklärte er mit Blick auf Genthe, der die Eingangstür weit öffnete.

„Ich habe ihm die Adresse der Sekretärin gegeben. Sie kennt sich am besten mit allem aus. Endlich ist dieses leidige Kapitel abgeschlossen. Wo soll ich Sie absetzen?"

„Schauen wir mal!", sagte Klein und stieg ins Auto.

Uwe Genthe wartete, bis das Auto die Toreinfahrt passiert hatte, und atmete tief durch. Er war am Ziel seiner Reise angekommen. Nie mehr billiger Fusel, Restesuchen in der Abfalltonne, Pennen in stinkenden Ecken. Ende der verdammten Armut und Abhängigkeit! Pfeifend stieg er in den Keller hinunter und schaltete im Atelier das Flutlicht ein. Ein Weilchen hielt er sich dort auf, strich über die unvollendete Plastik, griff nach Hammer und Meißel legte beides zögernd wieder zurück. Später!

Schließlich betrat er die Bar, öffnete die Fenster, betrachtete die Vitrine und klopfte lächelnd an die Spiegelwand.

Auf der Kellertreppe waren leichte Schritte zu hören ... Erwartungsvoll blickte Uwe Genthe zur Tür. Nach einem Jahr in der Rolle seines Bruders Ralf, nach einer risikoreichen Tour von Frankfurt bis in die Niederlande, nach zwei Jahren aufreibenden Lebens auf der Straße war er endlich wieder er selbst.

Und da war sie!

„Alles ist überstanden", flüsterte die Sekretärin und schmiegte sich an ihn. Stumm betrachtete sich das Paar in der Spiegelwand. Auf dem Gesicht der jungen Frau erschien ein spöttisches Grinsen. Sie blickte zu Uwe Genthe auf.

„Weißt du noch, wie erstaunt Ralf war, als wir zwei an diesem Abend bei ihm auftauchten? Er wusste nicht im Geringsten, was ihn erwartet. Ich habe dir immer gesagt, dass eure Ähnlichkeit dein Kapital ist. Himmel, was hatten wir Mühe, ihn zu bewegen, aus Anlass deiner vermeintlichen Heimkehr Alkohol zu trinken. Und erinnerst du dich an sein ungläubiges Gesicht, als das Zeug zu wirken begann?"

Uwe Genthe lachte auf.

„Ich erinnere mich auch, dass du in Panik geraten bist, weil du nicht wusstest, wie wir ihn spurlos beseitigen sollten. Aber ich bin ein Künstler, nicht wahr? Er ist da, aber keiner sieht ihn. Er sieht zu, wenn hier das lustige Leben beginnt, und hat doch für immer das Nachsehen."

„Das glaube ich nicht", sagte der Kommissar hinter ihnen.

Entsetzt fuhren die beiden auseinander.

Klein trat dicht an die Vitrine heran.

„Das perfekte Verbrechen? Oh nein! Nicht das falsche Testament hat Sie verraten. Es waren zwei auf den ersten Blick unscheinbare Einzelheiten.

Zum ersten: Ralf Genthe war Kunsthändler, kein Künstler. Das hätte wenigstens einer seiner Berufskollegen gewusst. Wozu also ein so aufwendiges Atelier? Zum zweiten: Wozu eine Wand aus Einwegglas in einer Vitrine für Gläser und Flaschen, wenn es dahinter keinen Raum gibt? Sie mögen etwas von Kunst verstehen, aber im Können bin ich ihm über."

Klein hob den Hammer und schlug die Spiegelwand ein. Verwesungsgeruch verpestete den Raum. Mit herabhängendem Kiefer und hervorquellenden, blinden Augäpfeln starrte Ralf seinen Bruder Uwe an.

Diesmal trampelten schwere Schritte die Kellertreppe hinunter ...

Marc Mandel

Stille

„Vergiss Dein Dope nicht", rät Bernd ungefragt.

Ohne anzuklopfen hat der erste Geiger seinen Kopf in die Garderobentür geschoben.

Thomas Brünnendorf läuft dunkelrot an.

In letzter Minute hatte er in Hongkong ausgerechnet diesem Violinisten anvertraut, dass seine Beruhigungsmittel zu Ende gingen. Weil er nicht wusste, wo er neue herbekommen sollte. Großzügig erbot sich Bernd, ihm welche zu besorgen. Niemand weiß um Brünnendorfs Gewohnheit, Psycho-Pharmaka zu benutzen. Der Geiger ist nun der Einzige.

Im Grunde hasst Brünnendorf diesen ständig alkoholisierten Talk-Show-Liebling, der bei jeder Gelegenheit betont, dass es immer noch Nuancen gebe, um die er die wirklich großen Geiger beneide; diesen unglaublich vielseitigen Perfektionisten, der sich von Konzertagenten umschmeicheln lässt; diesen heuchlerischen Moralisten, dem so etwas wie Familienglück geblieben ist, obwohl er sich eine blutjunge Freundin hält, die ihm abgöttisch ergeben ist, ihn in aller Öffentlichkeit abschleckt, nach jedem Konzert in der Garderobe wartet, die Kollegen wie Luft behandelt. Er beneidet den Geiger wegen seiner phänomenalen Gesundheit, seiner robusten Psyche, seiner Beliebtheit bei Schallplattenproduzenten, seiner Erfolge bei Frauen, seiner Lebenskunst.

Nein, er hat Bernd nie gemocht.

Auch wenn Bernd ihm versichert hat, dass es seinem Ehrenkodex widerspräche, weiterzutragen, was ihm sein hochverehrter Kollege anvertraut habe.

168

Dies gelte übrigens auch für den Bordellbesuch, bei dem ihn der Geiger überraschte. Bernd war dies überhaupt nicht peinlich. Er setzte sich sogar zu ihm, um ungebetene Ratschläge bezüglich der Vorzüge gewisser Damen zu erteilen.

„Vergiss Dein Dope nicht."

Bernd hat es durch die Zähne gesprochen – zu leise, als dass es irgendjemand sonst hören konnte; laut genug, dass Thomas es verstehen musste.

Trotzdem hat es die Stille zerschnitten. Die Stille, die Thomas braucht, wie die Luft zum Atmen. Besonders vor einem Auftritt.

Diesmal wird er nicht schweigen:

„Hoffentlich vergisst Du nicht Deinen Cognac."

Donnerschlägen gleich stehen die Worte in der winzigen Garderobe. Zum ersten Mal zeigt Thomas ihm, dass er es weiß; dass er weiß, was alle wissen – worüber aber niemand spricht.

Bernd zuckt wortlos zusammen.

Er zieht die Tür zu.

Stille.

Thomas zittert.

Noch einmal öffnet sich die Tür – doch diesmal ist es der Impressario, der auf seine Armbanduhr weist:

„Tschaikowsky wartet."

Gleichzeitig ertönt aus der Wechselsprechanlage die Stimme des Inspizienten:

„Die Musiker bitte, es sind noch fünf Minuten."

Thomas greift nach den Noten, zieht den Smoking über, tritt auf den Gang, schwankt beinahe, hört die Kollegen überlaut, ohne sie zu sehen, nimmt schemenhaft die Umrisse des schwarzen Steinway-Flügels wahr, lässt achtlos die Notenblätter über die Saitenabdeckung rutschen, rückt die Sitzbank zurecht, schiebt wie in Trance den Tastaturdeckel zurück.

Einen Moment Ruhe.

Thomas Brünnendorf hebt den Kopf.

Er hört den Atem eines Menschen in seinem Rücken.

Bernd beugt sich seitlich von hinten zu ihm herab, zum ersten Mal ohne die Spur eines Lächelns; seine Stimme ist so leise, dass nur Thomas sie vernehmen kann:

„Mit welchem Finger fängst du an?"

Thomas Brünnendorf hebt überrascht die Hände, aber Bernd schüttelt den Kopf.

„Nicht zeigen, sagen!"

Thomas lässt die Hände auf die Knie sinken.

„Du bist einer von den Großen", zischelt Bernd wie eine Schlange.

„Bevor Du die Tastatur berührst, musst Du mir sagen, welcher Deiner Finger anfängt. Die Noten kennst Du doch auswendig."

Thomas versucht, sich zu konzentrieren, nimmt nicht wahr, wie Bernd scheinbar seelenruhig zu seinem Platz zurückgeht, greift fahrig nach den Notenblättern, lässt sie wieder fallen; sieht nicht, wie der Dirigent an sein Pult klopft, schließlich den Taktstock hebt.

Er sitzt wie versteinert.

Sein ganzes Leben rutscht an ihm vorbei.

Er hört den Jubel bei dem Preisträgerkonzert als pubertierender Schüler, spürt den Schweiß bei der Aufnahmeprüfung zum Konservatorium, sieht die verzückten Mädchengesichter, badet in der Gewissheit, zur Avantgarde Neuer Musik zu gehören, freut sich erneut über die Zusage, im Rundfunk-Symphonieorchester aufgenommen zu werden, erlebt die Hochzeit, seine Hochzeit, den Medienrummel, das festliche Ständchen der neuen Kollegen auf der Empore des Domes. Und das Erdbeben des bald zerbrechenden Familienglücks. Er lässt sich wieder feiern beim ersten Auftritt in der Metro, riecht die unzähligen Blumen in Tokio, erinnert sich an die Visite in den Privatgemächern

170

der Fürstin von Monaco; sitzt endlich noch einmal auf dem Plüsch-Sofa in dem Bordell, wo ihn Bernd überraschte – doch Bernd hat kein Gesicht.

Dabei hört er sein Lachen. Bernds schallendes Gelächter. Von tausend Echos verzerrt.

Er sucht ihn, aber die Plätze der Musiker sind leer; der Graben dunkel, die Bühne wie ein blankes Parkett, der Saal ohne Publikum, der Vorhang weit offen.

Thomas Brünnendorf hört keinen Laut. Er genießt die Stille.

Seine Hände sinken auf die Tastatur. Sie ist nicht mehr da. Der Flügel ist verschwunden.

Das Dunkel ist schwarz.

Schein-
welten

Jürgen Völkert-Marten

Die Schönheitskönigin Tatjana Mondial fährt an einer Tankstelle vorbei

und wird vorüberhuschend und nur noch aus den Augenwinkeln von Aleke registriert. Verdammt, da fährt die selber und bricht sich womöglich 'nen Nagel ab, und ich tanke und hampele noch hier an der Säule herum und muss das mürrische Gesicht ertragen, wenn Miss Mondial dann bereits Minuten vor meiner Tür auf ihre Spa-Maniküre wartet. Wo ist denn Theo, der sie sonst hin und her von A nach Zett kutschiert, während Miss Mondial hingeblättert auf der Rückbank die schlanken welken Finger durchs Flokatifell ihrer Töle kreisen lässt? Theo, dieser Musenmann und nicht Muselmane, wie viele seiner Herkunft. Pomaken. Thrakien. Theo, der Schmusemann, der die Poesie mehr liebt als all die Frauen, denen er zu Diensten ist und nicht nur zur Hand geht. All das denkt Aleke, als sie sich sputet und in den Kassenraum eilt, die Creditcard auf den Tresen wirft, noch TIC TAC etwas für reinen Atem zu tun glaubt und doch wieder als Gegenmittel Packungen todbringender Zigaretten mit einpackt, die Geheimzahl memoriert und gleich beim zweiten Mal trifft, ihre Unterschrift auf den Beleg hastet, und dann davon eilt, den Twingo kapert und erst mit angezogener Handbremse die Luft verpestet und anschließend die Reifen quietschen lässt: die Schönheitskönigin wartet.

Aleke kann sich nicht treiben lassen, sie treibt ihrerseits den Stadtverkehr vor sich her: die Schönheitskönigin wartet, aber sicher nicht gern und absolut nicht geduldig. Wenn keine Straßenbahn in Sicht ist, nutzt Aleke selbst die Gleise für Überholvorgänge, bis diese Gleise ins tiefer gelegte Bett übergehen und der Bahn den Weg in den Untergrund ebnen. Ganz nah am Bordstein beim Rechtsüberholen verwendet sie keinen Gedanken an die Spitzwasserfontänen, die sie aus Pfützen an Mäntel und Hosen befördert. Träger und -innen springen, fluchen, schütteln ihr vereinzelt die Faust hinterher, haben aber nicht die Coolness und Geistesgegenwart, die Nummer speichernd aufzusaugen, um sich später dann doch schadlos zu halten.

Aleke war spät dran und wusste es. Verquatscht und nicht losgerissen vom Gesäusel Spyrous, dieser hervorragendsten Theo-Empfehlung der letzten Monate. Import/Export und diese breiten, zärtlich-fordernden Hände. Aleke schmolz zu einer schmutzig-üppigen Pfütze und war an diesem Morgen froh, dass es der Caféhausboden war und sie – die Uhr am Arm – dann doch die fortgeschrittene Zeit nicht viiiel zu spät bemerkte. Der Termin mit der Schönheitskönigin! Und Tanken. Unaufschiebbar. Verflucht!

Vor sich nahm Aleke jetzt den zebragestreiften Überweg am Wochenmarkt und Frauen mit überbordenden Netzen voller Gemüse und Obst in den Händen wahr, zwischen denen Erstklässler mit gelben Kappen ernst und doch kreuz und quer wuselten. Anhalten also. Abwarten. Kein Weg vorbei. Sie trommelte aufs Lenkrad, nestelte eine Zigarette aus angebrochener Packung. Schneller als vorausgeschaut war der Pulk auf anderer Straßenseite, hinter ihr hupte es bereits und weiter ging's mit kalter Fluppe, denn Aleke war keine indische Tempeltänzerin mit sechs Armen.

Nach dem Feuerzeug hangelnd, glaubt Aleke die Schönheitskönigin drohend: „Meine Liebe, ich warte nun schon seit Stunden, das war es mit uns ..." zischeln zu hören, wobei Miss M. sich um den Russisch-Boston-Akzent ihrer Großmutter bemüht, deren Namen sie als Künstlernamen übernommen hat, wie es ihr nun mit der Sprachfärbung nicht gelingt. Wo und in welchem Reich und in welcher Dekade des letzten Jahrhunderts wurde Tatjana Mondial eigentlich Schönheitskönigin? Hatte sie ihr das nicht bei jeder zweiten Maniküre immer und immer wieder mit einem Glimmen in den Augen, aber arrogantem Zug um den Mund erzählt? War das nun wirklich bundesweit, doch nur in Bad Pyrmont oder gar die Wahl zur „Miss Krabbe" in Fedderwardersiel? Gab es einen noblen Rahmen mit stilvoller Schärpe, den großen versilberten Pokal vom örtlichen Graveur oder doch nur ein nasses T-Shirt und „Ausziehen, ausziehen!"-Gebrülle? Was man nicht alles zu hören bekommt und doch nicht hört ...

Gut, irgend etwas Positives muss hängen geblieben sein an diesem Titel, denn sie, Tatjana Mondial, war es, die „Dienstleistungen" von Aleke, wie auch von Theo und anderen erkaufen konnte, während letztere darauf angewiesen waren. Irgendetwas Positives, wahrscheinlich der gut situierte, aber biedere Ehemann, den sie verzückte und der sie entzückte, wenn er das Portemonnaies freigiebig zückte. Eine Ehe, eine win-win-Situation, eine stille Übereinkunft.

Aleke näherte sich auf paradoxerweise zeitsparenden Schleichwegen ihrem Wohnviertel, mied, wann immer möglich und sinnvoll aus ihrer Sicht, die Hauptverkehrsadern. Und wie gut sie daran tat! Aus den Augenwinkeln sah sie in einer einen absoluten Stillstand der Blechlawine, sich widerspiegelndes zuckendes Blaulicht in Fensterfronten und auf Fahrzeugkarossen. Sirenen lärmten nervtötend. Kein Durchkommen. Keine Wendemöglichkeit. Glück gehabt!

„Wird Theo nicht gut bekommen, dass er mich heute draufgesetzt hat, dieser Mistkerl!", dachte die Schönheitskönigin. Als ungeübte Autofahrerin konzentrierte sie sich stark auf die Straße vor ihr. Dennoch sah sie auf Höhe der Tankstelle ihre Handpflegerin, eine Hand im Griff des Zapfhahns, eine führte die obligatorische Zigarette zum Mund.
„Spreng dich doch in die Luft!", dachte Tatjana M.
„Du hast gleich einen Termin mit mir und wehe, ich bin vor Dir da!"
Sie versuchte, ihre Aufmerksamkeit wieder voll dem Verkehr zu widmen, aber es gelang ihr schlecht. In ihr begann es zu brodeln. Der große deutsche Teil ihres Herzens verfluchte Alekes Unpünktlichkeit, der russische Erbteil ihrer Großmutter jedoch noch mehr die Missachtung ihrer Person, die sie darin witterte. Wehmütig dachte sie an die Publikumsverehrung vor nun so vielen Jahren in Baden-Baden, an das unverhohlene Werben der besten Männer und nun:
„Diese Domestiken!"
Zudem machte sie das elende Gepiepse des Warntons rappelig, der die ganze Fahrt schon den nicht geschlossenen Sicherheitsgurt anmahnte.
„Diese Bluse verträgt keinen Gurt!", sagte sie mit gereizter Bestimmtheit Richtung Armaturenbrett. Theo, die Handpflegerin, das Warnsystem, langsam reichte es für diesen Vormittag. Sie bog unkonzentriert in die Hauptverkehrsader des Stadtteils ein. Der Farbenmix der parkenden Wagen am Fahrbandrand links und rechts mischte sich mit denen des vorbei huschenden Gegenverkehrs zu einem schlierigen Band, das sich um ihren Kopf zu legen schien.
„Nicht über die Augen rutschen!", dachte die Schönheits-

königin und wunderte sich kurz über ihre Assoziationen, bevor der Zorn auf Theo, Aleke und den piepsenden Warnton wieder die Oberhand gewann.

Wütend hieb sie mehrmals mit der rechten Hand aufs Lenkrad, und sie hätte laut kreischen können, als sie merkte, dass ein, zwei Fingernägel dabei übel einrissen.

Sie krümmte die rechte Hand näher ins Blickfeld und schrie dann doch vor Wut, als sie den Schlamassel sah. Ein Riss bis tief ins Nagelbett. Was sie nicht sah, waren die rotierenden Warnlichter eines Müllwagens, der zügig vor ihr aus einer Einfahrt zurücksetzte und dessen Fahrer nur den Gegenverkehr im Blick und Vertrauen in die Achtsamkeit der anderen Verkehrsteilnehmer hatte. Vielleicht war es auch die dickfellige Denke des Müllkutschers:

„Mich kippt keiner um, an mir prallt alles ab."

Die Schönheitskönigin hörte nur noch ein hässliches Knirschen und spürte parallel einen dumpfen Schlag auf ihr Brustbein, hörte Glas bersten und nahm den fürchterlich stechenden Schmerz eines eindringenden spitz zulaufenden Metallteils nur noch Sekundenbruchteile wahr. Dann wurde es still in ihrem Kopf. Ein angenehm warmes Gefühl überflutete Zorn und Wut.

Jennifer Milinski

Tatort Disco

„Sagen Sie mal, Schmitt, sind wir hier richtig?"

Schmitt blätterte in seinen Notizen.

„Nun, ja. Laut meinen Aufzeichnungen ist das hier die Disco in der Clementinenstraße dreizehn, und davon gibt es hier nur eine."

Er kratzte sich ratlos mit dem Kuli am Kopf.

„Das weiß ich auch, Schmitt, aber ich könnte schwören, dass man zu meiner Zeit andere Partyoutfits trug."

Mein letzter Satz war mehr ein Flüstern:

„Hier sieht es aus wie in einem SM-Schuppen!"

Schmitt zuckte nur mit den Schultern und fixierte die groß gewachsene Domina, die auf uns zu schritt.

„Meine Herren, vielleicht kann ich Ihnen behilflich sein?"

Ihre linke Augenbraue erhob sich etwas, ansonsten blieb ihr Ausdruck kühl.

„Ich bin Lady Irina, und mir gehört dieses Etablissement. Wie Sie schon bemerkt haben, ist es keine gewöhnliche Diskothek, und so steht die Abkürzung auch eher für das, was wir anbieten: dominant intime Spiele und Cybersex online."

Mein Aushilfskollege, der den erkrankten Lehmann vertrat, blieb stumm, und ich selbst musste mich erst räuspern, bevor ich im Stande war, zu antworten.

„Mein Name ist Müller von der Kriminalpolizei, und das ist mein Kollege Schmitt. Hier soll es einen Toten geben?"

„Bedauerlicherweise, ja."

„Und wer ist der Tote?", fragte Schmitt.

Eine einzige Falte bildete sich in ihrem Mundwinkel.

„Mein Mann. Er liegt im Séparée."

Ich nickte.

„Sind sonst alle Personen anwesend?"

„Soweit ich weiß, ja. Zwanzig geladene Gäste, mein Mann und ich."

Schmitt zählte lautlos die Personen durch, indem er jeden mit seinem Kuli anvisierte.

„Ich zähle nur siebzehn Personen. Um jeden genau zuordnen zu können, bräuchte ich Ihre Gästeliste. Sie haben doch eine Gästeliste?"

„Natürlich. Nur kann ich Ihnen diese nicht einfach so aushändigen. Sie haben sicher Verständnis für die Privatsphäre meiner Gäste."

Schmitt schüttelte den Kopf.

„Bedaure, Miss Irina, bei einem Tatbestand müssen wir die Personalien jedes Zeugen aufnehmen, und schließlich steht der Verdacht auf Mord im Raum."

Wer nicht gerade geknebelt oder anderweitig am Sprechen gehindert war, ließ seinen Frust über die bevorstehende Enthüllung seiner Identität verbal an Schmitt aus.

„Ich hätte da einen Vorschlag zur Güte", unterbrach ich den Mob, ehe er Gelegenheit hatte, Schmitt an ein freies Andreaskreuz zu nageln.

„Sie haben doch sicherlich noch ein zweites Séparée? Ich werde jeden einzeln hinein bitten, und mein Kollege wird die Personalien aufnehmen und mit ihrer Gästeliste vergleichen. Das ist sicher im Interesse aller."

„Ladys and Gentlemen, Sie haben den Kommissar gehört. Kein Grund zur Unruhe."

Einige Gäste setzten sich, andere blieben unschlüssig stehen oder knien.

Lady Irina verschwand mit Schmitt in ihrem Büro, und ich nutzte die Zeit, um mich etwas umzusehen. Der Teppich war lasziv rot, das war mir sofort aufgefallen. Zu meiner Rechten stand so ein erwähntes, riesiges hölzernes X an der Wand, an dem dekorativ eine in Latex gehüllte Puppe angekettet war. In Ermangelung eines Kleiderhakens hängte ich meine Jacke über den Puppenkopf, denn es war plötzlich unerträglich warm hier drinnen. Gut möglich, dass dieser Zustand nicht nur vom Klima herrührte. Direkt vor mir, in der Mitte des Raumes, gab es ein riesiges Aquarium mit exotischen Fischen, das mit seinem roten Licht im Dunkeln sicherlich einen tollen Effekt besaß. Darum herum eine genietete Lederpolsterfläche, auf denen es sich die Gäste wohl nicht nur gemütlich machten. Ein paar spezielle Glastische beherbergten eine bunte Vielfalt düsterer Obskuritäten, bei denen sich mein Verstand weigerte, mehr als die Hälfte korrekt zu identifizieren. Ich ging näher heran und beäugte die Objekte eingehender, mit rein dienstlichem Interesse natürlich.

Schmitt kam mit zufriedenem Gesicht und der Gästeliste wieder.

„Sagen Sie, Lady Irina ..."

Mir fiel es schwer, meinen Blick von einem detailgetreuen Gummipenis abzuwenden.

„Sind die Kameras eigentlich noch an?"

Plötzlich war mir mein Verhalten unsagbar peinlich, und ich begab mich augenblicklich wieder in eine senkrechte Position und richtete meine Krawatte.

„Nein, aber selbst dann zeichnen sie nichts auf, sondern übertragen direkt live."

„Verstehe. Nun, dann lassen Sie uns anfangen. Freiwillige?", scherzte ich, um die gedrückte Stimmung etwas zu erheitern, doch niemand lachte. Lachen war hier allgemein betrachtet wohl ein Fremdwort. Ich bat die nächststehende Person, zu Schmitt ins Séparée zu treten, den ich aus dem Augenwinkel unbehaglich auf dem Rand eines Arztstuhles sitzen sah. Er ließ sich zunächst Pseudonym sowie Name und Anschrift aufschreiben, um sie dann mit der Gästeliste zu vergleichen. Leider gab es vehemente Verweigerer, vor allem bei den Männern. Mit mehr als ihrem Pseudonym wollten sie nicht herausrücken.

„Meine Herren, so geht das nicht!", schimpfte ich.

„Es gibt hier einundzwanzig Lebende und einen Toten, und ich würde gerne wissen, mit wem ich hier rede."

Ich entriss Schmitt die Liste.

„‚GeilerBock71', ‚Tussi3000', ‚BesorgsMirRichtig' ..."

Ich schüttelte den Kopf.

„Runter mit den Masken und her mit Ihren Ausweisen!"

Keiner rührte sich. Langsam kam ich mir vor wie in einer schlechten Komödie, bei der die Schauspieler allesamt unter plötzlicher Gruppenamnesie litten. Es war zum Haare raufen. Schmitt ging indes zielstrebig auf einen Herren zu, der augenscheinlich den Abend als „blinder Hund" verbrachte und brav neben seinem sehenden Frauchen saß. Mein Kollege streckte die Hand nach ihm aus und wurde völlig unvorbereitet von diesem angeknurrt.

„Also ... Das ist doch ...", brachte er schockiert hervor.

„Was soll denn das?!"

Die Besitzerin zog die Leine stramm, woraufhin der Hunde-Herr sofort zu winseln anfing.

„Jetzt ist aber Schluss mit dem Theater! Die Party ist längst vorbei!", platzte mir der Kragen.

Die Dame lächelte verführerisch.

„Aber Herr Kriminalkommissar, das ist nicht nur ein Spiel, es ist eine Lebenseinstellung, wissen Sie. Er gehorcht nur mir, meistens jedenfalls."

„Naja, dann befehlen Sie ihm halt, Männchen zu machen oder sonst was, und dass er sein Kostüm auszuziehen hat, zumindest obenherum."

Ich begann zu schwitzen. Gesagt, getan, die Maske fiel, und mit ihr meine Kinnlade ein Stockwerk tiefer.

„Lehmann! Um Gottes Willen, was machen Sie denn hier?"

Mir stockte der Atem. Mein Kollege, hier, in diesem Puff

für Irre! Ich musste mich erst einmal setzen und lockerte meine Krawatte. Der Gummipenis von vorhin wackelte geringfügig, was mich immer mehr daran zweifeln ließ, ob hier eigentlich alles mit rechten Dingen zuging oder ob ich anfing, durchzudrehen.

„Ach", entfuhr es Lady Irina, „den habe ich bei all dem Durcheinander ganz vergessen."

Sie räumte den Tisch ab und bat Schmitt, ihr beim Abnehmen der Glasplatte zu helfen. Dann rührte sich der Latexmann, den ich vorher noch als Inventar betrachtet hatte. Lady Irina öffnete ihm den Reißverschluss am Mund und der Erlöste bedanke sich sofort dafür bei seiner Herrin, wie er sie nannte.

„Gibt es hier noch andere, dekorative Gegenstände, die vergessen wurden?", fragte ich verblüfft über das Eigenleben des Mobiliars.

„Oh ja, jetzt wo Sie es erwähnen, ich habe da noch einen Kunden im Panic Room", zwitscherte die Brünette, von der ich glaubte, sie als Kassiererin des hiesigen Supermarkts erkannt zu haben.

„Ist das nicht ein amerikanischer Schutzraum vor Einbrechern?", fragte Schmitt.

„In Amerika vielleicht. Bei uns ist es eine kleine Box. Genau das richtige für Angstpatienten."

Mit klackernden Absätzen stolzierte die Hobby-Psychologin zur besagten Box und öffnete das Vorhängeschloss. Zum Vorschein kam ein verängstigter, halb nackter Mann, der verwirrt ins grelle Neonlicht blinzelte.

Schmitt war trotz der Auffindung zweier weiterer Gäste noch nicht ganz zufrieden.

„Jetzt fehlt noch einer", grummelte er und klatschte umständlich in die Hände.

„Zack, zack, Papiere holen, wenn Sie nicht alle als Hauptverdächtiger enden wollen."

Er guckte düster in die Runde. Seine Anpassungsfähigkeit war erstaunlich.

Hauptverdächtiger, das war überhaupt das Stichwort. Ich wusste, irgendetwas Wichtiges hatten wir vergessen. Und wo blieb eigentlich die Spurensicherung?

„Schmitt, seien Sie so gut und halten Sie hier kurz die Stellung. Ich werfe mal einen Blick auf unseren Toten."

Wie ein Eishockeytorwart stand er bewaffnet mit Block und Kuli an der Theke.

„Alles klar."

„Lady Irina, begleiten Sie mich doch bitte", bat ich, und sie schritt elegant voran.

Vor mir lag ein gut gebauter Mann in einem eng anliegenden Schutzanzug. Die passende Gasmaske lag neben ihm.

„Wer hat ihn entdeckt?", wollte ich wissen.

„Niemand."

„Niemand? Aber irgendjemand muss doch etwas bemerkt haben?"

„Danach haben Sie nicht gefragt."

„Wonach?"

„Ob jemand etwas bemerkt hat. Sie wollten wissen, wer ihn entdeckt hat. Die Antwort darauf lautet: niemand."

Ich fasste mir an den Kopf und seufzte.

„Na schön, dann etwas genauer: Wer oder was war bei ihm bevor oder während er starb?"

„Ich", entgegnete sie knapp. Ihre Kühle ließ mich beinahe frösteln.

„Könnten Sie das bitte etwas ausführlicher beschreiben?", bat ich.

„Natürlich. Er klagte über Unwohlsein, ihm wäre schwindelig. Ich riet ihm, sich kurz auszuruhen und vielleicht eine Zeit lang ohne Mundstück zu atmen."

„Und er hat Ihren Rat befolgt?"

„Ja. Ich brachte ihn hierher. Dann bekam er Krämpfe,

spuckte Blut und lief blau an. Er starb, ohne dass ich etwas für ihn tun konnte."

Die Tatsache, dass sie ihre Schilderung ohne die geringste Gefühlsregung abgab, verstörte mich mehr als die bisherigen Ereignisse.

„Was taten Sie dann?"

„Ich rief die Polizei und informierte die Gäste."

„Wer hatte Kontakt zu Ihrem Mann?"

„Nahezu alle. Wir sind stets bemüht, unseren Gästen alles zur Verfügung zu stellen, was sie benötigen."

„Hatte Ihr Mann Feinde? Gibt es jemanden, der ein Motiv haben könnte?"

„Nein, nicht das ich wüsste."

„Wie steht es mit Verhältnissen zu Ihren Gästen?"

„Keine. Es wird Sie vielleicht überraschen, aber wir legen großen Wert auf Vertrauen. Das braucht man in diesem Business. Wir führen daher keine intimen Kontakte zu unseren Gästen."

„Verstehe", ich nickte, aber eigentlich verstand ich nichts. Diese Story war so aalglatt wie ihr Kostüm. Es gab immer Geheimnisse, ein Motiv und vor allem einen Täter. Das war so sicher wie das Amen in der Kirche.

„Hatte Ihr Mann etwas Unübliches zu sich genommen? Bekam er etwas angeboten? Wer bedient eigentlich die Bar?"

„Außer der Tatsache, dass mein Mann tot ist, gab es nichts Außergewöhnliches. Die Bar bedient mein Mann. Alle Getränke sind übrigens im Preis inbegriffen."

„Was kostet so eine Nacht bei Ihnen eigentlich?"

„Oh", die erste Gefühlsregung des Abends: sie lächelte und ihre Augen glänzten wie die eines Panthers, der kurz davor war seine Beute zu erlegen.

„Hat mein Etablissement Ihre Neugierde geweckt? Ich wusste gleich, dass in Ihnen etwas Verborgenes schlummert."

Ich hatte das unbändige Verlangen mich zu entkleiden. Wurde es hier drinnen immer wärmer? Mein Hemd klebte mir bereits unangenehm am Rücken, so sehr kam ich ins Schwitzen.

„Ähm, nein, Sie haben mich wohl falsch verstanden. Die Frage war rein beruflich."

„Natürlich."

Ihr Lächeln verschwand so schnell, wie es gekommen war. Nur das Glitzern in ihren Augen blieb. Panik machte sich in mir breit, wie bei einer in die Enge getriebenen Maus.

„Ich denke, wir können wieder zu den anderen gehen."

Nur raus aus diesem Raum, bevor die schwarze Witwe erneut Gelegenheit hatte, zu töten. So ein Quatsch, korrigierte ich mich selbst. Es stand doch noch gar nicht fest, wer der Täter war.

„Schmitt, wie weit sind Sie?", fragte ich meinen Kollegen deutlich hörbar, dessen Blick im Ausschnitt eines großzügig bestückten Fräuleins hängen geblieben war, wie die Nadel eines Plattenspielers auf einer verstaubten LP.

„Fertig!", flötete er zufrieden.

„Ich habe mir erlaubt, die Liste noch mit den Berufen der Anwesenden zu erweitern, und wissen Sie, welch erstaunliche Entdeckung ich gemacht habe?"

„Nein, welche?"

„Wir haben sogar einen Gärtner!"

„Gärtner?", wiederholte ich und blickte zu dem Herren, auf den der Kuli zeigte. Dieser blickte unsicher zurück. Ich schüttelte den Kopf und entriss Schmitt abermals die Liste. Gärtner – der hatte sie doch nicht mehr alle! Das war hier schließlich kein billiger Kitschroman, sondern eine reale und ernstzunehmende Ermittlung! Auch wenn das Umfeld einen daran hin und wieder zweifeln ließ.

Ich ging die Namen durch. Lehmann – Ich konnte es immer noch nicht fassen. Welch eine Schande für unseren Berufsstand! Viel interessanter als Lehmann und der Gärtner waren aber die Berufe zweier anderer Gäste: den der Katzenlady und des Latexmannes. Die Anästhesistin und der Apotheker. Berufe, bei denen man leicht an Mittelchen kam, die zum augenblicklich noch rätselhaften Dahinscheiden des Inhabers beigetragen haben könnten. Aber das musste unser Forensiker klären. Bis dahin war jeder gleichermaßen unschuldig wie auch verdächtig. Ein Zustand, den es zu beheben galt. Und dann gab es ja noch den fehlenden Gast, der laut Gästeliste hier zu sein hatte.

„Also, ich fasse zusammen: Wir haben zwanzig Gäste, von denen einer fehlt, die Inhaberin und ihren ums Leben gekommenen Ehemann. Wir haben keinen klaren Tatverdächtigen ..."

„Doch, den Gärtner."

„Machen Sie sich doch nicht lächerlich, Schmitt! – Keinen klaren Tatverdächtigen, kein Tatwerkzeug, kein Tatmotiv ..."

„Was haben wir überhaupt?"

„Keine Ahnung!"

„Ja, und davon jede Menge, wie mir scheint!"

„Jetzt hören Sie doch auf, mich ständig zu unterbrechen!" Ich seufzte.

„Eifersucht als Tatmotiv scheidet aus, weil es laut Ehefrau keine sexuellen Kontakte zu Gästen gab."

„Moment", unterbrach mich diesmal ein Gast, „das ist so nicht richtig. Ich hatte sehr wohl eine sexuelle Beziehung zum Toten."

„Zum Toten?", fragte ich verblüfft.

„Zu Lebzeiten natürlich! Ich bin doch nicht pervers!"

„Wer käme denn auf die Idee?", sagte Schmitt.

„Sie wollen also sagen, dass es ein Verhältnis zwischen Ihnen und dem Toten gab, obwohl mir die Ehefrau das Gegenteil versichert hatte?"

„Ganz recht."

„Interessant. Was sagen Sie dazu, Lady Irina?"

„Nichts."

Sie verschränkte die Arme.

„Das ist ein Thema, über das ich nicht gerne rede."

„Wem sagen sie das?", plapperte Schmitt erneut dazwischen.

„Ihnen."

„Gut, dann hätten wir also schon mal zwei Tatverdächtige und zwei Tatmotive: Rache und Eifersucht."

„Wieso denn jetzt zwei Tatverdächtige?", wollte der Liebhaber wissen. Doch ehe ich zu einer Erklärung ansetzen konnte, fiel mir etwas Merkwürdiges auf. Seit geraumer Zeit sah ich nicht einen Fisch mehr durchs Aquarium schwimmen.

„Darf ich bitten", sagte ich und zwängte mich zwischen den Gästen hindurch, um näher herantreten zu können. Ich hatte mich nicht geirrt. Kein Fisch schwamm mehr durch das Becken, vielmehr trieben sie alle an der Wasseroberfläche.

„Hm, also wenn die nicht gerade Beamtenmikado spielen und sich deshalb nicht rühren, würde ich behaupten, Ihr Mann ist jetzt nicht mehr das einzige Opfer in Ihrem Etablissement."

„Och", wirkte Lady Irina etwas gequält, „die sind doch so teuer!"

„Schmitt, kommen Sie mal her. Hier."

Ich gab ihm etwas Längliches mit einer Spitze, wovon ich nicht genau wusste, was es war und eigentlich auch nicht wissen wollte.

„Schieben Sie damit mal die Pflanzen beiseite, damit ich etwas sehen kann."

Er schlüpfte mürrisch aus seinen Schuhen, eine seiner Socken hatte ein Loch, und stieg auf die Sitzfläche. Er hielt das Pieks-Dings mit beiden Händen fest und rührte, ohne hinzusehen, wie in einem stinkenden Eintopf.

„Schmitt, Sie müssen schon hin gucken, und hören Sie auf zu rühren, Sie sollen nur die Pflanzen beiseite schieben. Stopp! Was war das eben? Mehr nach links, nein, das andere links. Zustechen! Jetzt haben Sie es. Zu mir schieben. Bravo Schmitt."

Dieser nickte lächelnd:

„Und was haben wir?"

„Ein kleines Fläschchen. Greifen Sie mal rein und holen Sie es heraus."

„Wieso denn ich?"

„Sie stehen gerade günstig."

Ich nickte ihm aufmunternd zu.

„Ich greife da nicht rein! Was immer da drin war, hat sogar die Fische getötet!"

„Seien Sie doch nicht albern. Sie sollen das Wasser auch nicht trinken, sondern nur hinein greifen. Davon werden Sie schon nicht sterben."

„Sicher? Vielleicht sollten wir lieber auf die Spurensicherung warten? Die müssten doch jetzt bald mal kommen. Es ist bestimmt schon zwei Stunden her, dass Sie angerufen haben."

„Ich? Ich dachte Sie? – Nun machen Sie schon, Schmitt."

Er zog seine Dienstweste aus und krempelte seine Ärmel hoch. Mit dem Pieks-Dings schob er das Fläschchen ein Stück hoch und griff dann angewidert ins Wasser.

„Na, hoffentlich haben Sie recht", murmelte er und zeigte mir das Beweisstück.

„E" konnte man noch auf dem Etikett lesen, das sich bereits aufzulösen begann.

„Wenn Sie mir das mal abnehmen könnten?"

Er streckte mir seinen nassen Arm samt Fläschchen entgegen, wodurch er vor sich hin tropfte.

„Ne, das fasse ich nicht an! Zudem ist es ein Beweisstück."

„Aber Sie haben doch gesagt, es sei nicht gefährlich!"

Schmitts Augen weiteten sich panisch.

„Irgendetwas musste ich Ihnen ja sagen, damit Sie hineingreifen. Legen Sie es auf den Tisch und gut ist."

„Was ist es denn jetzt genau?", drängelte Schmitt und fuhr sich nervös über seinen Arm.

„Wenn ich mich nicht irre, ist es ein altes Fläschchen mit Unkrautvernichter."

„Hab ich es doch gewusst! Der Gärtner war es! Ich hab es Ihnen doch gesagt!"

Er war ganz außer sich und vergaß für einen kurzen Moment, sich zu kratzen.

Der Beschuldigte erbleichte unwillkürlich.

„Ich hab damit nichts zu tun!", wehrte er mit erhobenen Händen ab.

„Das sagen sie alle und am Ende waren sie es doch immer!"

Schmitt schob seinen Unterkiefer vor wie ein Pittbull auf der Kinderjagd, und der Verdächtige wich eingeschüchtert vor ihm zurück. Schmitt aber rückte gnadenlos hinterher und nahm ihn verbal in die Mangel, bis der Beschuldigte in der Ecke des Raumes ankam und nicht mehr weiter wusste.

„Gestehen Sie!", bellte Schmitt und piekste ihn mit seinem Kuli immer wieder in die nackte Brust.

„Lassen Sie das! Aua! Aufhören hab ich gesagt!"

„Er war es nicht!"

Alle richteten ihre Aufmerksamkeit nun auf eine zierliche Blonde, die mit unschuldigen rehbraunen Augen vom Sofa zu uns empor blickte.

„Wer ist das, Schmitt?"

„Äh ... also ... Moment ... da muss ich eben ..."

Er ging zurück zum Sofa und fischte mit klammen Fingern seinen Notizblock aus seiner Weste.

„Zeigen Sie mal. Aha, Fräulein R., die Bankangestellte?"

„Ja, Herr Kommissar."

Sie fingerte nervös am Gummipenis herum, der irgendwie einen Weg in ihre Hände gefunden hatte, sodass das

Gummi unangenehm zu knatschten anfing.

„Wie kommen Sie darauf, dass es nicht der Gärtner war?"

Erneut konnte ich meinen Blick nicht vom Objekt abwenden und eine Hitzewelle schrecklichen Ausmaßes ergriff mich.

„Es ist immer der Gärtner", flüsterte Schmitt mit geschwungener, geballter Faust, fing danach aber umgehend wieder an, sich zu kratzen.

„Weil ..."

Sie würgte weiterhin den Dildo, während sie den Tatverdächtigen fixierte.

„Es tut mir Leid, Philippe, ich war es!"

„Aber warum?", stammelten dieser und Schmitt gleichermaßen ungläubig.

„Er hat mich erpresst!", schniefte sie.

„Er wollte Geld von mir, sonst hätte er mich bei meinem Chef verraten!"

Reuevoll wie eine Betschwester legte sie ihre Hände samt Dildo in ihren Schoß. Mehrere Schweißperlen bildeten sich auf meiner Stirn.

„Das ist ja unerhört", mischte sich nun Lady Irina ein.

„Was sollte mein Mann mit Ihrem Geld anfangen? Davon haben wir nun wahrlich genug!"

Ich ignorierte diesen Einwand und setzte meine Befragung fort:

„Woher wussten Sie denn, dass es sich beim Erpresser um das Opfer handelte?"

„Nun ja, er schrieb mich im Forum an. Erst war er ganz nett, dann kam er mit immer mehr Details zu meinem Sexleben und letztendlich, dass er wüsste, wer ich in Wirklichkeit sei."

„Hat er Ihnen seinen Namen gesagt?"

„Nein."

„Dann konnten Sie doch gar nicht wissen, um wen es sich handelte."

„Zuerst nicht. Er schickte mir ein Foto, auf dem er eine Gasmaske trug."

„So eine Maske kann doch jeder haben!", entrüstete sich Lady Irina erneut.

„Das stimmt", pflichtete ich ihr bei und wischte mir mit meiner Krawatte über die Stirn.

„Das habe ich auch erst gedacht. Deswegen haben wir uns um Mitternacht hier an der Theke verabredet. Ich sollte mich zu ihm setzen und er würde mich fragen, ob ich etwas trinken wolle. Und das tat er."

„Natürlich tat er das! Er bedient ja auch die Bar!"

„Aber Sie waren sich sicher?"

„Ja."

„Was geschah dann?"

„Er brachte uns zwei ‚Orgasmen' und nahm zum Trinken sein Mundstück ab. Ich stieß es unauffällig vom Tresen, um es zu präparieren, und gab es ihm dann zurück."

„Und er hat nichts gemerkt?"

„Nein, der war doch schon total blau!", winkte sie ab.

„Na hören Sie mal! Wie reden Sie denn von meinem Mann?"

„Aber wenn es doch wahr ist!"

Meine Konzentration ging bei so viel nackter Haut buchstäblich im Schweiße meines Angesichts baden. Die Weise, wie dieses unschuldig anmutende Wesen mit dem empfindlichsten Teil eines Mannes umging, sowie Schmitts rhythmisches Kratzen trugen auch nicht gerade zu einer Besserung bei. Irgendetwas musste ich also tun, denn ich fühlte meine Selbstbeherrschung, auf welche Art auch immer, langsam schwinden.

„Schmitt, hören Sie endlich auf, Ihren Arm zu traktieren!"

„Aber wenn es doch so juckt! Das kommt bestimmt vom Gift, und mein Arm stirbt allmählich ab ..."

„Ganz bestimmt!", entgegnete ich zähneknirschend und entwendete der Blonden im selben Augenblick ihr Spielzeug, um es gleich darauf Schmitt in die Hand zu drücken. Ein Konzentrationsseufzer meinerseits, und dann konnte es weiter gehen.

„Und das Fläschchen warfen Sie dann ins Aquarium?"

„Ja, aber das mit den Fischen, das wollte ich nicht. Das tut mir wirklich leid", entschuldigte sie sich.

„Haben sie das Foto noch?"

„Ja, ich habe es ausgedruckt."

Aus ihrem eng geschnürten Mieder zog sie ein sorgfältig gefaltetes Blatt, das angenehm nach Pfirsich roch.

„Lady Irina, wenn Sie bitte mal einen Blick darauf werfen würden?"

Ich überreichte es ihr und sie schaute es eine Zeit lang an.

„Das ist nicht mein Mann!", sagte sie gewohnt kühl.

„Was macht Sie da so sicher?"

„Die Augen. Mein Mann hat blaue Augen. Dieser Mann hat zwei unterschiedliche Augenfarben. Also, das hätte Ihnen nun wirklich auffallen müssen!"

Sie gab mir das Papier zurück und alle Beteiligten starrten es an.

„Also ist der Tote gar nicht der Erpresser?", beteiligte sich nun auch Schmitt wieder an der Raterunde.

„Na, das ist ja allerhand!"

„Aber wer ist es dann?", wisperte die Blonde.

„Das ist eine sehr gute Frage, aber ich fürchte, dieses Rätsel werden wir hier und jetzt nicht mehr lösen können. Wir sollten erst einmal zurück zum Revier fahren und endlich die Spurensicherung rufen, was Sie versäumt haben, Schmitt."

„Wieso ich? – Brauchen wir die denn überhaupt noch?"

Schmitt überreichte Lady Irina galareif den Dildo und zog sich seine Sachen wieder an. Währenddessen ging ich zurück zum Eingang und nahm meine Jacke vom selbsternannten Haken und hielt in der Bewegung inne. Denn die

Deko-Puppe schaute mich stumm mit einem grünen und einem braunen Auge an.

„Schmitt, ich glaube, ich habe den verschollenen Gast und möglicherweise Erpresser gerade gefunden."

Jan-Eike Hornauer

Drei Flugschriften in chronologischer Reihenfolge

Wichtige Mitteilung

Dies ist eine Warnung. Ich mag die Menschen, ich will ihnen helfen. Und deshalb mache ich öffentlich: Jeder Einzelne von ihnen befindet sich in tödlichster Gefahr.

Eine Geheimorganisation, die sich ‚Next Generation' nennt, führt bereits Exekutionen durch und will dies künftig in ungekanntem Ausmaß tun. Damit will sie Erde und Menschheit retten, den allesvernichtenden Kollaps wegen totaler Übervölkerung verhindern. Noch ist ihr Projekt, ‚Future Now' genannt, in der Probephase, weswegen ihr Handeln bislang nicht publik geworden ist. Der Hauptphase soll langfristig mindestens die Hälfte der Weltbevölkerung zum Opfer fallen.

Der Erfolg des Projekts steht fast außer Frage. Die derzeit laufenden Vorbereitungen sind an Genauigkeit und Vorsicht kaum zu überbieten. Eine Vielzahl hochkarätiger Finanzinvestoren, Politiker, Medienmacher und Justizgestalter ist beteiligt. Etliche Sekten- und Religionsführer konnten für dieses Vorhaben gewonnen werden. Die Sicherheitsdienste der einzelnen Staaten sind entweder involviert oder unterwandert. Polizei und Militär werden machtlos sein, sofern sie nicht den Aktivisten zuzurechnen sind.

Trauen Sie niemandem! Und überlegen Sie sich eine gute Antwort auf folgende Frage:

Welche Berechtigung hast Du, zu leben?

Diese Frage wird auch Ihnen gestellt werden, denn nur Überflüssige sollen vom Reinigungsprozess betroffen sein. Die vertrauliche Anrede hängt mit der Intimität der Frage und ihrem existenziellen Charakter für den Einzelnen sowie die gesamte Menschheit zusammen. Dieser Moment soll persönlich sein, egal ob Abschied oder Verbrüderung.

Überlegen Sie sich eine gute Antwort. Nur dann können Sie überleben.

Ich teile Ihnen dies mit, weil ich ein Menschenfreund bin. Um Ihnen weiterhin helfen zu können, verbleibe ich anonym.

Geben Sie diese wichtigen Informationen unbedingt an Freunde und Bekannte weiter, deren Überleben Ihnen etwas bedeutet. Unterlassen Sie dies, sind Sie verantwortlich für deren Tod.

Gezeichnet
Ihr Menschenfreund

Wichtige Mitteilung

Hiermit wird bedingt Entwarnung gegeben. Das Projekt ‚Future Now' der Geheimorganisation ‚Next Generation‹,wird nun doch nicht wie ursprünglich geplant durchgeführt. Die Probephase hat gezeigt, dass das Ausmaß an Trauer, Wut und Resignation absolut überwältigend sein würde, die Reaktionen nicht zu kontrollieren wären. Eine stabile und zukunftsfähige Gesellschaft kann auf solch einem Fundament nicht aufgebaut werden. Öffentliche Sicherheit und Ordnung müssen höchste Priorität genießen.

Deswegen hat sich die Führung von ‚Next Generation'

dazu entschlossen, lokale Komplettausrottungen zu betreiben; diese Vorgehensweise ist auch unter ökonomischen Gesichtspunkten sinnvoll.

Welche Gegenden genau betroffen sein werden, ist noch nicht bekannt. In den reichen Regionen der Erde aber könnte das Konzept der Trauereindämmung durch lokales Vorgehen kaum funktionieren: Die Mobilität der Menschen und die Reichweite ihrer sozialen Netzwerke sind hier zu hoch.

Aus diesem Grund hat die Führung von ‚Next Generation' die Schonung der reichen Gegenden bereits beschlossen. Ihr Leben ist also sicher. Allerdings müssen Sie damit rechnen, übersiedelt zu werden. Bevölkerungsverschiebungen im großen Maßstab sind vorgesehen, damit nicht die befreiten Teile des Planeten brachliegen, während in anderen Gegenden die Übervölkerung weiterhin stetig dramatischere Ausmaße annimmt.

Liegt Ihnen daran, nicht übersiedelt zu werden, sollten Sie – sofern Sie nicht über ausgezeichnete Kontakte verfügen – eine wirklich gute und nachprüfbare Antwort auf folgende Frage parat haben:

Welche Berechtigung haben Sie, weiterhin in dieser Region zu leben?

Die Anrede wird meinen Informationen zufolge tatsächlich das ‚Sie' sein, da diese Frage weit weniger existentiellen Charakter besitzt als die nach der Berechtigung zu leben. Unnötiges Pathos soll vermieden, ein kontraproduktives Aufschäumen der Emotionen unterdrückt werden.

Geben Sie diese aktuellen Informationen unbedingt an Freunde und Bekannte weiter, deren Nähe Sie auch künftig bedürfen.

Gezeichnet
Ihr Menschenfreund

Wichtige Mitteilung

Dies ist eine Warnung. Die Zahl der ungeklärten Todesfälle ist in den vergangenen Monaten dramatisch angestiegen. Das ist Ihnen bislang nicht bekannt, da mediales Stillschweigen längst zur Pflicht geworden ist. Die Organisation ‚Next Generation' ist an den Tötungen unschuldig. Das Projekt ‚Future Now' ist vorübergehend eingestellt worden. Gründe sind neuerliche Korrekturen an der Strategie sowie Flugschriften aus dem Widerstand.

Die neue Gefahr sind Trittbrettfahrer. Sie stellen stets die erste der von ‚Next Generation' ersonnenen Fragen, vermutlich, weil sie nicht über die Möglichkeiten zur lokalen Komplettausrottung verfügen:

Welche Berechtigung hast Du zu leben?

Sie sind eine direkte Bedrohung. Ihrem Glauben nach handeln sie im Sinne der Organisation. Grundsätzlich sind zwei Tätertypen zu unterscheiden: Erstens Sadisten, die sich durch die Ziele von ‚Next Generation' und das enorme Machtpotential der Organisation geschützt sehen, und zweitens Gutmenschen, denen die Unausweichlichkeit der ursprünglich von ‚Next Generation' geplanten Handlungen bewusst ist und die somit im Dienste der gesamten Menschheit einige Individuen zu opfern sich gezwungen sehen.

Seien Sie vorsichtig! Sie wissen nicht, wem Sie trauen können! Wollen Sie weiter leben, verlassen Sie das Haus nur, wenn unbedingt nötig! Seien Sie stets kampfbereit! Und kennen Sie einen der Nachahmungstäter, dann töten Sie ihn! Damit schützen Sie Ihr Leben zweifach: Erstens vernichten Sie eine unmittelbare Bedrohung. Und zweitens senken Sie die Zahl der Menschen, und je niedriger die ist, desto höher sind Ihre Überlebenschancen. Die Gutmenschen werden – folgt man ihrer Logik – das Töten erst einstellen, wenn genug Mitbürger geopfert worden sind.

Dass die notwendige Totenzahl ganz ohne ein organisiertes Vorgehen erreicht wird, ist jedoch als unwahrscheinlich einzustufen. ‚Future Now' wird also aller Voraussicht nach bald wieder aufgenommen werden. Und das – wie bereits jetzt feststeht – in seiner für Sie bedrohlichsten Form: der weltweit gleichmäßigen Ausdünnung der Bevölkerung.

Das Konzept der lokalen Komplettausrottung, zwischenzeitlich in den Führungskreisen hoch gehandelt, ist mittlerweile verworfen worden. Als maßgeblicher Grund gilt der unvorstellbare logistische Aufwand, den diese Variante der Menschheitsrettung wegen der gigantischen Umsiedlungen mit sich gebracht hätte.

Nehmen Sie keine falsche Rücksicht, schonen Sie Nachahmungstäter nicht! Stehen Sie auf für Ihr Leben, für eine sichere Welt und für die Zukunft des Menschengeschlechts!

Gezeichnet
Ihr Menschenfreund

Marc Mandel

Rochade

„Zero", der Kessel-Croupier erstarrt zur Skulptur, „die Einfachen Chancen werden gesperrt."

Eine tief dekolletierte Frau rechts neben dem Kopf-Croupier steht wortlos auf.

Georg setzt sich auf den freien Platz. Zum ersten Mal an einem richtigen Roulette-Tisch. Sorgsam formt er zwanzig Zehner-Jetons zu zwei Türmchen, die restlichen belässt er in den Seitentaschen seiner Jacke. In der Brusttasche birgt er außerdem fünfhundert Euro in bar. Für den Notfall. Langsam zeichnet er eine Null auf die erste Seite seines Notizblocks.

„Machen Sie Ihr Spiel."

Georg wartet. Eine Woche lang saß er jeden Tag an der Bar, wo man die elektronische Permanenz-Anzeige des Tisches Nummer fünf beobachten kann. Das Personal kennt ihn schon. Zum Kaffee ließ er sich stets drei Briefchen Milchpulver geben. Eines für jedes Dutzend. Auf zwei Briefchen setzte er jeweils einen Zuckerwürfel. Seine Jetons. Kam das nicht gesetzte Dutzend, waren beide verloren. Wurde hingegen eines seiner Dutzende getroffen, verlor er zwar einen Würfel, bekam aber den anderen zusammen mit dem doppelten Einsatz zurück – so dass ihm insgesamt ein Zuckerwürfel als Gewinn blieb.

„Nichts geht mehr."

Das Kreuz in der Mitte der Cuvette dreht sich langsamer. Die Kugel hüpft, zuckt ein wenig, fällt schließlich in ein Fach.

„Zero."

Der Kessel-Croupier zieht das ‚e' geringfügig länger als

beim ersten Mal. Er hat das Wort kaum ausgesprochen, als es rund um den Tisch lauter wird.

„Die Einfachen Chancen werden gesperrt. Gesperrte Einsätze werden doppelt gesperrt."

Ein gutes Dutzend Neugieriger sammelt sich um den Tisch. Jetons klackern aufeinander.

„Machen Sie Ihr Spiel."

Viele kleine Einsätze auf der Null. Georg verzieht keine Miene. Niemand spielt Einfache Chancen. Ein Besucher aus der zweiten Reihe schiebt ein ‚Frühstückstablett' auf die Null; Hundert Euro.

„Der Höchsteinsatz beträgt 350 Euro", weist der Chef-de-Table einen weiteren Hunderter zurück.

„Nichts geht mehr."

Wieder ersterben alle Gespräche. Die Kugel liegt bereits still. Das Kesselkreuz dreht sich noch.

„18 Rot."

Georg notiert die Zahl, daneben eine Zwei. Er hat die Dependenzen im Kopf: Wer auf die Einfachen Chancen Manque, Pair, Rouge gesetzt hat, gewinnt.

„Machen Sie Ihr Spiel."

Die Schaulustigen verschwinden. Eine Dame in Hemdbluse sitzt an der Seite, rechts neben Georg. Sie notiert die Zahlen mit einem kurzen roten Bleistift. Penibel häuft sie Zehner-Jetons auf Pair, Passe, Noir.

„Nichts geht mehr."

Alle Blicke wenden sich zu den drei Croupiers am Ende des Tisches, wo sich der Kessel dreht. Die Gespräche verstummen. Die Kugel ebenfalls.

„3 Rot."

Georg schreibt eine Eins neben die Drei. Seine Tischnachbarin hat alles verloren. Aus ihrer Handtasche nimmt sie einen kleinen Anspitzer, in den sie ihren Bleistift schiebt. Andächtig dreht sie den runden Stift drei oder vier Mal ganz herum. Als sie den Spitzer einpackt, stößt sie den

Bleistift an. Er rollt vom Tisch.

Georg bückt sich mechanisch. Der Bleistift liegt unmittelbar neben ihrem Fuß. Rot, klein, spitz. Irgendwie passt der Stift nicht zu den makellosen Beinen vor seiner Nase. Er hebt ihn auf, kommt hoch, lächelt sie an:

„Ziemlich kurz, der Stift."

Sie lässt sich das Schreibgerät in die offene Handfläche legen:

„Lang genug um damit auf einer Kugel zu balancieren."

Georg wird warm. Er schließt die Augen. Zum ersten Mal will er jetzt setzen. Während die Gewinner noch ihre Jetons empfangen, legt er die Hände auf seine Türmchen.

„Machen Sie Ihr Spiel."

Natürlich hat jedes Feld die gleiche Chance. Aber wenn gerade eine Zahl ausgespielt wurde, kommt es oft vor, dass sie ein zweites Mal fällt. Das liegt eventuell daran, dass der Kessel-Croupier die Kugel mit gleicher Kraft einwirft. Vielleicht ist es auch die Folge eines sogenannten Kesselfehlers. Die Chance für dieses Feld ist jedenfalls geringfügig höher. Das ist für Georg das erste Gesetz des Zufalls. Und er hat es entdeckt.

Sein Gesetz gilt ebenso für Dutzende. Davon ist Georg überzeugt. Deshalb platziert er jeweils zehn Euro auf die ersten beiden Dutzende. Diese wurden zuletzt getroffen. Die Dame neben ihm häuft ihre Jetons auf Impair, Passe, Noir.

„Nichts geht mehr".

Georg vermutet noch weitere Gesetze des Zufalls. Um das herauszufinden, wird er jedoch umfangreiche Permanenzen durchrechnen müssen. Vielleicht wird er irgendwann sogar ein Buch darüber schreiben.

„12 Rot."

Georg schreckt hoch. Mechanisch schreibt er die Zwölf auf, daneben eine Eins für das Dutzend. Der Croupier nimmt eine Zehner-Spielmarke in die Hand, ergreift den

Jeton vom zweiten Dutzend, setzt beide auf Georgs Chip auf dem ersten Dutzend.

„Ich bitte, das Spiel zu machen."

Zum ersten Mal gewonnen.

„Einen Tipp", raunt die Frau von rechts, „ich habe schrecklich viel Geld verloren. Geben Sie mir einen Tipp. Helfen Sie mir mit einem Zehner aus."

Er wird sich jetzt auf keinen Fall ablenken lassen. Der nächste Angriff gilt neuerlich den Feldern P12 und M12; den ersten beiden Dutzenden.

„Ich kann nicht einmal mehr ein Taxi bezahlen. Wollen Sie mich vielleicht später nach Hause bringen? Es sind nur wenige Kilometer."

„Kein Problem, mein Auto steht auf dem Parkplatz."

„Einen Zehner. Bitte", ihr Mund ist so nah an seinem Ohr, dass er ihre Hautcreme riecht.

„Nachher, im Auto, ich meine, Sie werden es sicher nicht bereuen."

Georg schiebt ihr das gewonnene Stück zu.

„Nennen Sie mir Ihre Glückszahl."

„Dreiundzwanzig."

Seine Hand zittert. Zum ersten Mal schaut er sie an. Sie ist um die dreißig, pausbäckiges Gesicht, schwarze Locken, schmale Hornbrille. Sofort setzt sie den Zehner auf die Dreiundzwanzig.

„Nichts geht mehr."

Der Kessel ist eine Maschine. Ohne Gefühl. Ohne Gedächtnis. Georg spürt weiche Finger auf seinem Handrücken. Sie trägt einen Siegelring. Er kneift die Augen zusammen. Einen Siegelring, auf den eine Art Füllhorn geschmiedet ist.

„23 Rot."

Die Dame gewinnt dreihundertfünfzig Euro. Sie zieht ihren Einsatz ab, schiebt den Zehner-Chip auf Georgs Notizblock. Wenn eine Strategie mit einem Einsatz von zehn Euro funktioniert, könnte man genauso gut hundert Euro setzen.

Georg legt das neu gewonnene Stück zu dem Zehner-Jeton, den er zurückbekommen hat. Wieder werden die Gespräche lauter. Von überall her kommen Spieler. Vier Mal Rot. Wie abergläubisch doch Zocker sind.

„Machen Sie Ihr Spiel."

Georg bleibt bei seinem Angriffsmuster. Die Spielerin an seiner Seite türmt ihren ganzen Gewinn erneut auf die Dreiundzwanzig. Ihre Gegenwart kommt ihm ungelegen. Georgs selbstgestecktes Ziel ist ein Gewinn von insgesamt fünf Stücken. Danach hört er auf für diesen Tag. Erst wenn ihm das an fünf Tagen hintereinander gelungen ist, will er den Einsatz erhöhen.

„Nichts geht mehr."

Ein Herr aus der zweiten Reihe schiebt schnell einen Tausender-Jeton auf Rot, hält ihn fest, schaut den Tisch-Chef fragend an.

„Das geht immer noch", entscheidet der. Auf den Einfachen Chancen ist das Limit höher. In die gespenstische Stille schieben sich Neugierige von anderen Tischen.

„23 Rot."

Zwei Dutzend Menschen stoßen gleichzeitig den Atem aus. Das Gesicht der Dame neben ihm glänzt: sie erhält mehr als Zwölftausend Euro. Den Einsatz lässt sie auf der Zahl liegen, den Gewinn stopft sie in die Handtasche. Ihre Augen blitzen ihn an. Sie lächelt.

Georg nimmt es kaum wahr. Er hat das dritte Stück gewonnen. Dies ist seine Welt. Am Montag meldet er sich erst einmal krank. Wenn alles so funktioniert, wie er sich das vorstellt, wird er eine Woche später kündigen. Hier liegt das Geld auf dem Tisch. Er braucht es bloß aufzuheben.

„Bitte das Spiel zu machen."

Georg setzt auf die ersten beiden Dutzende. Offensichtlich fällt niemandem auf, wie erfolgreich seine Strategie ist; alle schauen auf die hohen Gewinne. Die Einsätze auf Schwarz erreichen das Limit von Zwölftausend Euro. Ob er jetzt schon erhöhen sollte?

„Nichts geht mehr."

Wie wohl die Spielbank reagiert, wenn er täglich kommt, um fünf Stücke zu gewinnen? Klar, bei den lächerlichen zehn Euro Einsatz kümmert sich niemand um ihn. Ob man ihm bei einem regelmäßigen Gewinn von fünfhundert Euro den Eintritt verwehren würde? Die Direktion des Casinos kann ein Spielbankverbot aussprechen, ohne es zu begründen.

„23 Rot."

Wieder die Dreiundzwanzig. Georgs Gesetz. Das ist der Beweis. Er kassiert seinen vierten Gewinn. Die Frau neben ihm hat tatsächlich erneut mehr als Zwölftausend Euro gewonnen. Sorgfältig packt sie alles in ihre Handtasche. Auch ihren Einsatz.

„Sie fahren mich doch nach Hause, mein Freund?"

„Versprochen ist versprochen."

„Ich wechsele die Jetons ein. Wir sehen uns an der Bar. Ich brauche einen Drink."

Georg nickt. Eine halbe Sekunde schaut er ihr hinterher. Er muss sich konzentrieren.

„Machen Sie Ihr Spiel."

Auf Schwarz wird das Limit erreicht. Auf Rot ebenfalls. Immer mehr Menschen stehen um den Tisch. Georg bleibt bei seinem Satz P12 und M12.

„Nichts geht mehr."

Den Platz neben ihm nimmt ein junger Mann ein, der eine Smokingjacke trägt. Der Kopf-Croupier bittet ihn höflich, das Mobiltelefon nicht auf den Tisch zu legen. Was so ein Croupier wohl verdient? Im Laufe der Zeit lernen die sicher alle Tricks. Wahrscheinlich auch manches Gewinn-System. Die werden bestimmt gut bezahlt. Schweigegeld.

„24 Schwarz."

Der Lauf ist zu Ende. Seelenruhig ziehen die Croupiers die Jetons ab. Die Menge zerstreut sich.

So leicht ging es mit den Zuckerwürfeln nie. Georg hat im ersten Anlauf gewonnen. Ohne einmal zu verlieren. Die Chips sind zwar aus Plastik, aber wenn er sie umtauscht, bekommt er dafür echtes Geld. Fünfzig Euro. Nicht einmal eine halbe Stunde hat er dafür am Tisch gesessen. Mit Hundertern funktioniert es genauso. Selbst mit Tausendern. Achtlos steckt er die Jetons in die Jackentasche. Er sucht die Tür mit der Aufschrift ‚Herren'.

Die Bar ist leer. Georg ist der einzige Gast. Er wagt es nicht, nach der Dame zu fragen. Vermutlich ist sie zur Toilette gegangen. Er schaut sich im ganzen Raum um. Nirgends sieht er eine rote Bluse. Zurück an die Bar. Kaffee mit Cognac.

„Ich möchte gleich zahlen."

Seine Geldbörse ist nicht in der Gesäßtasche. Vermutlich hat er sie im Mantel gelassen, der an der Garderobe hängt. Er fasst nach den fünfhundert Euro in der Brusttasche. Sie sind weg. Georg greift nach dem Cognac-Glas. In der Hosentasche findet er einen Zehner. Mit dem Barmann hat Georg sich letzte Woche lange unterhalten. Das macht ihn mutig:

„Sagen Sie. Ich bin hier mit einer Dame verabredet. Um die dreißig, schwarze Locken, Hornbrille."

„Ach Sie sind das".

Der Angestellte betrachtet sich intensiv Georgs Krawatte, die dessen Tischnachbarin ihm offensichtlich ausführlich beschrieben hat.

„Eine schöne Krawatte tragen Sie. Die Dame wusste, dass Sie hier nach ihr fragen würden. Sie hat Ihnen ein kleines Päckchen hinterlassen."

Er überreicht ihm eine gewissenhaft zusammengelegte Serviette, gehalten von einem Gummiband.

Behutsam zieht Georg das Band herunter. Als er die Serviette an einem Ende auseinander faltet, rollt ein kleiner roter Stift auf die Theke. Er kann ihn gerade noch fassen, bevor er abstürzt. Endlich liest er die Nachricht in runder Kinderschrift:

„Musste leider weg – Treffen Samstag – fünf Uhr – Casino Eingang."

Georg sieht an den Druckstellen, dass im Innern der Serviette noch etwas geschrieben steht. Er nimmt den roten Bleistift zu Hilfe um das Briefchen zu öffnen. Die Schrift ist die gleiche, nur kleiner:

„Roulette verdirbt den Charakter. Spielen Sie nicht mehr. Bringen Sie mir den Stift zurück. Ganz bestimmt. Ich brauche ihn. Zum balancieren."

Rache

Samson Cvetkovic

Schatten der Vergangenheit

Manchmal fällt es schwer, die Vergangenheit hinter sich zu lassen. Und manchmal holt die Vergangenheit einen unweigerlich ein, ohne dass man etwas dagegen tun kann.

Sonja, die schmierige kleine F***e, hatte überall im Dorf herumerzählt, ich hätte sie bei mir zu Hause auf der Waschmaschine flachgelegt. Ich hatte sie mal gevögelt, aber nicht auf der Waschmaschine. Sie hatte sich dann so ein altes T-Shirt von mir genommen, und das hab ich nie wieder gesehen. Sie hatte sich für ein T-Shirt verkauft. Billiges Flittchen.

Aber wie gesagt, ich vögelte sie in meinem Bett. Eigentlich war es nicht einmal mein Bett, sondern das Bett meines Bruders, aber da war nie etwas mit einer Waschmaschine gewesen. Sie erfand diese Geschichte und erzählte sie überall herum. Bald war das Dorf voll davon und die Sache drang auch zu meiner Frau.

Ich saß daheim, las in der Zeitung und trank ein Glas Wein. Plötzlich flog mir ein Glas um die Ohren. Es segelte nur wenige Zentimeter an meiner Nase vorbei und zerschellte an der Zimmerwand. Ich drehte mich um und da stand meine Puppe mit dem wütendsten Gesichtsausdruck, den ich jemals bei ihr gesehen hatte.

„Was ist los Baby?", fragte ich sie.

„Du weißt doch, dass wir knapp bei Kasse sind, und diese Gläser waren nicht gerade billig."

„Du mieser Schweinehund!", schrie sie mich an.

„Was ist denn jetzt schon wieder? Verdammt!"

„Auf der Waschmaschine! Du dreckiger kleiner Bastard.

Auf der Waschmaschine, in der ich unsere Wäsche wasche, hast du sie flachgelegt. Und mir hast du erzählt, dass ich die Erste war, der du es auf der Waschmaschine besorgt hast."

„Das ist auch so, Baby. Bevor ich dich kennengelernt habe, hatte ich nicht einmal eine Waschmaschine."

„Und was ist mit Sonja, dieser kleinen Nutte aus der stinkenden alten Hütte gegenüber vom Fluss?"

„Was soll mit der sein?"

„Die hast du gevögelt, du mieses Arschloch."

„Ja. Das hab ich. Aber das wusstest du. Ich hab es nie vor dir verheimlicht."

„Du hast mir aber nie erzählt, dass du sie auf unserer Waschmaschine flachgelegt hast."

„Das hab ich auch nicht. Weißt du eigentlich, wie lang das her ist? Ich hatte damals überhaupt noch keine Waschmaschine."

„Und wieso erzählt sie dann überall herum, dass du es ihr auf deiner brandneuen ultrateuren, aus Deutschland eingefahrenen Waschmaschine besorgt hast?"

„Wie bitte?"

„Du hast schon richtig gehört. Ich hab es heute von unserer Nachbarin erfahren. Sie war gestern Abend bei ihr auf einen Kaffee und hat ihr alles bis ins kleinste Detail erzählt."

„Welche Nachbarin? Cindy?"

Die hatte ich auch mal flachgelegt, aber davon wusste meine Puppe nichts.

„Ja Cindy. Dieselbe Cindy, die du auch mal flachgelegt hast."

Na gut, sie wusste es doch.

„Das hat sie ihr erzählt?"

„Genau das hat sie ihr erzählt. Das halbe Dorf weiß schon darüber Bescheid und ich musste es heute von unserer Nachbarin erfahren."

„Diese miese kleine Schlampe."

„Ich hab dir hundert Mal gesagt, mir ist völlig egal, was du früher gemacht hast. Wie viele Weiber du hattest oder was du sonst getrieben hast, wenn dir langweilig war. Alles, was ich wollte, war, dass du ehrlich zu mir bist."

„Verdammte kleine Hure!"

Ich nahm mein Glas. Trank es aus und stellte es zurück auf den Tisch. Dann goss ich mir noch ein Glas voll und kippte es auf ex hinunter. Ich ging nach hinten in die Abstellkammer und kramte einen alten Baseballschläger hervor.

„Wo ist meine Jacke?", fragte ich.

„Was hast du vor?"

„Nichts! Bring mir meine Jacke."

Sie ging ins Vorzimmer und brachte mir die Jacke. Ich zog sie an, leerte den Rest der Flasche, zog meine Schuhe an und ging durch die Tür. Sie begleitete mich bis zur Tür, und während ich die Treppen unserer Terrasse hinunterstieg, rief sie mir hinterher:

„Wo willst du hin?"

„Gerechtigkeit schaffen", antwortete ich und ging durch das Haustor.

Das Haus von der kleinen Schlampe war nicht weit weg. In wenigen Minuten war ich dort. Ich ging über die Brücke und stieg über den Zaun zu ihr in den Hof. Sie hatte nur so einen kleinen Köter als Wachhund. Der taugte höchstens zum Mäuse erschrecken. Am Fenster oben brannte Licht. Ich stellte mich drunter und rief laut ihren Namen. Sie kam ans Fenster und schrie:

„Bist du verrückt. Um diese Uhrzeit hier so herumzuschreien!"

„Was machst du gerade? Bist du beschäftigt?", fragte ich sie.

„Ich trinke Kaffee und guck mir eine Talkshow im Fernsehen an."

„Kann ich auf einen Sprung hochkommen?"

„Klar. Komm ruhig rauf. Die Tür ist offen."

Ich ging durch die Tür und rannte die Stiegen hoch zu ihr in die Küche. Sie sah den Baseballschläger in meiner Hand und fragte;

„Was willst du denn mit dem Ding?"

Mit meiner freien Hand griff ich hoch und packte sie an den Hals.

„Was für eine Scheiße musste ich da heute hören?"

„Was für eine Scheiße meinst du?", keuchte sie leise.

„Über dich und mich und irgendeine verdammte Waschmaschine."

„Ich weiß nicht, was du meinst."

„So. Du weißt nicht, was ich meine."

Ich ließ von ihr ab und sie ging wie ein nasser Sack zu Boden. Dann umfasste ich den Baseballschläger fest mit beiden Händen, holte weit aus und schlug damit auf den Küchentisch ein. Die Kaffeetasse flog hinunter, zerbrach, und der gesamte Inhalt ergoss sich über den Küchenboden. Ich holte wieder aus und schlug auf die Vitrine und alles Weitere in der Nähe Befindliche ein. Ich haute die ganze Vitrine und den Rest ihrer Küche kurz und klein. Dutzende von Tellern, Gläsern und Schüsseln flogen durch die Gegend und zerbrachen beim Aufprall auf dem harten Boden. In wenigen Sekunden lag die ganze Küche in Scherben. Sonja lag auf dem Boden und schluchzte:

„Was tust du? Bist du vollkommen übergeschnappt?"

„Cindy ist genauso ein billiges Flittchen wie du und eine mindestens genauso große Klatschbase wie du. Du solltest lieber ein bisschen aufpassen, wem du deine lächerlichen Geschichten erzählst."

Sie blieb auf dem Boden liegen und sagte kein Wort.

„Sollte mir noch einmal zu Ohren kommen, dass du derartige Märchen in der Bevölkerung verbreitest, dann werde ich wiederkommen. Und dann wirst du nicht so glimpflich davonkommen wie jetzt. Dann werde ich dir sämtliche

Knochen in deinem kleinen widerwärtigen Körper brechen. Du miese kleine Hure!"

Sie blieb stumm. Ich spuckte auf den Boden, sagte:

„Ich weiß, wo der Ausgang ist", und verließ die Küche.

Ich ging durch den Hof. Ihr kleiner Mistköter lag gegen den Zaun gelehnt und schlief. Ich stieg über den Zaun, zündete mir eine Zigarette an und machte mich auf den Weg nach Hause.

Als ich zu Hause ankam, lag meine Frau bereits im Bett und schlief tief und fest. Der Fernseher war noch an. Ich ging in die Küche und nahm mir ein Bier aus dem Kühlschrank. Ich zog meine Jacke aus, legte den Baseballschläger auf den Tisch, nahm einen Schluck und sagte:

„Verdammt! Ich hasse diese verfluchte Gegend."

Ich setzte mich hin und trank mein Bier fertig. Dann ging ich ins Schlafzimmer, drehte den Fernseher ab, zog meine Klamotten aus und legte mich zu meiner Puppe ins Bett.

Samson Cvetkovic

Eine Lektion

Ich ging in die Kneipe,
im Zentrum des Dorfes,
setzte mich an einen Tisch
und bestellte eine Cola.

Wir haben nur Pepsi,
ging mich Toby,
der fette Kneipenbesitzer an.

Er mochte mich nicht,
weil er wegen mir
seine beste Arbeiterin verloren hatte.

Na schön,
dann eben eine Pepsi,
sagte ich.

Und nur in der Dose,
fuhr er mich wieder an.

Kein Problem,
sagte ich,
ich bin es gewohnt, aus der Dose zu trinken.

Er brachte mir die Pepsi.

Ich öffnete die Dose
und nahm einen Schluck.
Sie war zum Kotzen.

Sie schmeckte nach Schimmel,
und hatte ihre ganze Kohlensäure verloren.

Ich hob die Dose hoch
und blickte auf den Grund.
Das Haltbarkeitsdatum
war heruntergekratzt worden.

Ich sah,
wie Toby,
das fette Schwein,
hinter dem Tresen stand
und dämlich grinste.

Er wollte mir eins auswischen.
Aber ich hatte es schon
mit härteren Typen als ihm
zu tun gehabt.

Ich zündete mir eine Zigarette an
und ließ mir nichts anmerken.
Ich hörte mir die Geschichten,
eines alten Knackers an,
lachte über ein paar
seiner schlechten Witze
und trank die Dose leer.

Toby beobachtete mich
die ganze Zeit,

und aus seinem grinsenden Gesicht
wurde immer mehr
ein Ausdruck der Verzweiflung.

Dann stand ich auf,
ging an die Theke,
bezahlte meine Pepsi,
und verließ die Kneipe.

Der fette Hurenbock
konnte nicht verstehen,
was vor sich ging.

Ich ließ ihm sogar ein wenig Trinkgeld da.

Andrea A. Gecchelin

Michaela Kohlhäsin

Echt: manchmal würd's mich in den Fingern jucken!
Da treibt ihr mich tatsächlich soweit, dass
ich zu Gedanken mich hinreißen lass ...!
Da reizt's mich nicht bloß, vor euch auszuspucken,

da könnt ich glatt euch ohne Wimpernzucken
mit eisig kaltem Lächeln ... – Schreckensblass
entdeck in mir ich so viel Kraft zum Hass.
Werd eines Tags ich nicht mehr runterschlucken?

Ihr seid im Recht und tut nur eure Pflicht
nach Paragraphpunktabsatzkleingedrucktes,
ich weiß – und doch: in meinen Fingern juckt es.

Zu gern würd ich mir eine Pumpgun kaufen
und dann bei euch ein bisschen Amok laufen.
Nur schickt sich Selbstjustiz für Damen nicht.

Andrea A. Gecchelin

Schlussstich

Blond, blass und dürr! Was hat er bloß gefunden
an diesem unerwachs'nen dummen Ding,
dass er so lang danach noch an ihr hing?!
Ganz hat er's wohl bis heut nicht überwunden.

Nun ja, egal: es ist und bleibt verschwunden,
dies freche Stück, mit dem er heimlich ging.
Sogar sein Name stand auf ihrem Ring!
Das hat sie schwer gebüßt in jenen Stunden ...

„Ich muss Sie sehn; es geht um meinen Mann!"
Gott, wie vertrauensselig kam sie an!
Sie glaubte glatt, ich würd auf ihn verzichten.

Viel Arbeit war's, doch süß, sie zu verrichten:
Verhör, Bestrafung, Schlussstich, Abtransport.
Und als er heimkam, war sie spurlos fort.

Andrea A. Gecchelin

Frühstücksritual

Er braucht aus seiner Zeitung nicht einmal
hervorzusehn; nach altem Ritual
weiß seine Hand: sie steht an ihrem Platz,
die Kaffeetasse. „Vorsicht, heiß, mein Schatz!"

Auch hab ich Milch und Zucker optimal
dosiert bereits für meinen Herrn Gemahl –
sonst schlüge er beim Frühstück schon Rabatz.
So liest er still die Zeitung nur, mein Schatz.

Den Kaffee braucht er, ich bin ihm egal.
Nach so viel Ehejahren wohl normal ...
Er liest und spricht zu mir nicht einen Satz.
„Du musst allmählich ins Büro, mein Schatz!"

Das Make-up, die Frisur, die mich total
verändert, doch die Lisa mir empfahl,
das neue Kleid: ist alles für die Katz!
Er sieht mich durch die Zeitung nicht, mein Schatz.

Seit Jahren ist das Frühstück eine Qual.
Im Gegensatz jedoch zum Abendmahl
bekomm danach ich einen Abschiedsschmatz –
so kalt wie nun mein Tee – von meinem Schatz.

„Der Kaffee schmeckte wieder etwas schal?
Nanu? Ist doch seit Jahren meine Wahl!?" -
Er riecht doch etwa nicht im Kaffeesatz
die Spur Arsen? – „Ja, schönen Tag, mein Schatz!"

Andrea A. Gecchelin

Keine Hexerei

Ich hab kein Püppchen fabriziert und Nadeln
in Hirn, Herz oder Äuglein ihm getrieben.
Kein Anwalt, Richter, Priester kann mich tadeln,
ersäufen oder in den Ofen schieben ...

Ich hab kein Büschel Haar von dir vergraben
am Dreiweg, Krötendreck und Spinnenbeine.
Du magst Wehwehchen und Beschwerden haben,
Alpträume: dafür kannst nur du alleine.

Ich habe keinen Zauberbann gesprochen,
der dich verurteilt, elend zu verenden.
Ich hab nicht deine Manneskraft gebrochen,
mit Lähmung nicht geschlagen deine Lenden.

Ich hab getan nur, was ich immer mache,
bei allen bisher, die nicht treu mir blieben:
Ich ließ sie gehn – hab lediglich als Rache
Gedichte, wahre, über sie geschrieben ...

Andrea A. Gecchelin

Weibliche Rache

Gewalt? Oh nein! Ich werde ihn bezirzen!
Werd lächeln freundlich, mit ihm plaudern nett ...
Ganz arglos wird er sein – und dann komplett
vernichtet. Aber nur nichts überstürzen!

So süße Rache muss frau etwas würzen.
Glaub er nur fest, dass er gewonnen hätt!
Warum das Vorspiel, eh sein letztes Fett
er abbekommt, aus Ungeduld verkürzen?!

Mir wird er voll Vertrauen höchst ergötzlich
berichten, was ihn alles heimsucht plötzlich,
das Pech, das er sich nicht erklären kann ...

Doch dann erst, wenn er weinend vor mir liegt
und nie ein Bein mehr auf den Boden kriegt,
sag ich ihm, wer dahintersteckt. Erst dann!

Andrea A. Gecchelin

Und der Donner grollt

Auch heute wieder ist es schon halb vier.
Sie kann nicht schlafen. Er ist noch nicht hier.
Obwohl er doch vor zwölf zurück sein wollt!
Ferner Donner grollt.

    Die Julinacht ist brütend heiß. Sie schwitzt,
    steht auf und geht ans Fenster. Schau: es blitzt!
    Er weiß, wenn er sie anlügt, dass sie schmollt.
    Ferner Donner grollt.

Es könnte dort schon regnen, schütten und
er kann nur langsam fahren. Wär ein Grund ...
Tribut, den er dem schlechten Wetter zollt ...
Ferner Donner grollt.

    Da, endlich, geht die Tür. Er ist nicht blau.
    Doch das Parfüm von einer andern Frau
    riecht sie. Es blitzt mit hunderttausend Volt.
    Und der Donner grollt.

Du bist noch wach? Zum Schlafen wohl zu heiß?
Sie blickt ihn an. Nun weiß er, dass sie weiß ...
Schwört er ihr wieder, er sei treu wie Gold?
Und der Donner grollt.

    Und es blitzt in ihr
    und sie spürt, sie hat
    ein- für allemal
    seine Lügen satt.

Du betrügst mich nie mehr, du Lügenbold!
Und der Donner grollt.

    Und ein Blitz erhellt
    die Kommode, drin
    müsste doch, schießt jäh
    es ihr in den Sinn …

Und er schreit, dass sie das lassen soll …
Welch ein Donnergroll!

    Am Mittag, als sie der Beamte fand,
    hielt immer noch sie starr in ihrer Hand,
    unansprechbar, den leergeschossnen Colt.
    Ferner Donner grollt …

Andrea A. Gecchelin

Die Rache

Ich habe ihn mit brennender Geduld
erwartet, Jahr um Jahr, was nur mein Hassen
intensivierte – so wie seine Schuld.
Und dann, tatsächlich, wurde er entlassen.

Ich sah ihn stehen vor dem Zuchthaustor:
gealtert freilich, aber nicht gebrochen.
Dieselben kalten Augen wie zuvor –
die ich im Traum ihm so oft ausgestochen.

Ich habe es ihm derart leicht gemacht,
er hätte wirklich Lunte riechen müssen ...
Ich weiß nicht, wie ich's über mich gebracht,
doch in der Tat: ich ließ mich von ihm küssen.

Oh ja, ich habe ihn dorthin gekriegt,
wo ich ihn haben wollte all die Jahre:
dass er betäubt und wehrlos vor mir liegt,
der Dreckskerl – und mein Bett ward zum Altare.

Ich hatte Jahre Zeit, bis ins Detail
die Tat zu planen, alles zu bedenken.
Kein Nachbar hörte einen Schmerzensschrei;
nicht ein Indiz, Verdacht auf mich zu lenken.

Er ist beseitigt, fort. Kein Spürhund kann
so viele Einzelteile wiederfinden.
Und außerdem: wer fragt nach diesem Mann?
Dergleichen Schweine dürfen gern verschwinden.

Und ruhig, ganz leicht wie nie zuvor noch, ging
ich anderntags zu meinem Kind und habe
das Pfand der Rache ihm gezeigt: sein Ding.
Nun mag sie friedlich ruhn in ihrem Grabe.

Didi Costaire

Blutrausch

Widerstand zu brechen
war sein Job. Der Cop
wollte Unrecht rächen,
schlug den fiesen Mob
mit Gewalt und flächen-
deckend, auch on top,
so wie diesen frechen,
voll bekloppten Snob.
Selbst den braven Tschechen
drosch der Cop salopp.
Alle mussten blechen,
denn es gab kein Stopp.

Einer zeigte Schwächen,
lag dann ohne Kopp
tot in roten Bächen
vor dem Copy-Shop.
Keiner konnte sprechen.
Nur der taffe Cop
widerstand zu brechen.

Jennifer Milinski

Bis dass der Tod
uns scheidet

Sibylle war sein Ein und Alles. Er vergötterte sie, respektierte sie, liebte sie – hasste sie! Geoffrey war blind vor Wut, als er heraus bekam, dass sie ihn betrog. Warum nur? Womit hatte er das verdient? Sie hatte doch immer alles von ihm bekommen, was sie sich wünschte. Jeden Wunsch las er ihr von den Lippen ab. Wieso also tat sie ihm das an?

Es war schon alles vorbereitet. Alles sollte so inszeniert werden, dass es nach der Tat des zurzeit meist gesuchtesten Serienkillers aussah. Er hasste dieses Flittchen für das, was sie ihm antat. Diese Scham, diese Wut! Sie sollte bezahlen, o ja, das sollte sie. Wenn er sie nicht haben konnte, sollte sie niemand haben, sie sollte büßen, sie sollte... Er sann nach Rache!

Alles lief nach Plan. Er lauerte in der Besenkammer, neben der Tür, die zum Keller führte. Eines der Fenster war selbstverständlich aufgebrochen. Seine Frau zog sich im Wohnzimmer aus, das Badewasser plätscherte leise vor sich hin. Sie drehte den Hahn zu, das Plätschern erstarb. Welch schöner Gedanke. Die Kammertür schwang leise auf. Lautlos schlich er durch den Flur, das Schlafzimmer, bis hin zum Bad. Ein letzter tiefer Atemzug.

Kein Ton war zu hören als er das Bad betrat, der Läufer war so flauschig weich, nur ein erschrockenes Quietschen seiner Frau, als er ihr die Schlinge fest um den Hals zog.

Wasser spritzte, die Lederhandschuhe knarrten, dann war es auch schon vorbei. Ein Lächeln umspielte seine Lippen und eine wohlige Wärme breitete sich in ihm aus. Er war zufrieden, sehr zufrieden. Er fuhr fort.

Seine Sekretärin benachrichtigte ihn über das Eintreffen der Kommissare. Sie konnte nicht verstehen, was gesprochen wurde, aber sie sah, wie ihrem Chef Handschellen angelegt wurden. Bestürzt hob sie ihre Hand vor den Mund. Sie war regelrecht schockiert. Was wohl geschehen war? So ein gütiger Mann.

Ein paar Tage später konnte man es in der Zeitung lesen: „Serienkiller überführt!"

Das war nicht sein Plan gewesen, ganz und gar nicht.

Autorinnen und Autoren

Lorenz-Peter Andresen, *1963, über siebzig Veröffentlichungen von Prosa- und Lyriktexten in weit über fünfzig Anthologien sowie des historischen Romans „Der Codex des Papstes" und des eBooks „Tödliche Triebe".

Ralf Burnicki, *1962, ist Lyriker, Mitglied im Verband d. Schriftsteller und Mitherausgeber des OWL-Literaturmagazins „Tentakel". 2001 Auslobung zum „Erben Orwells" der Neuen Gesellschaft für Literatur (NGL Berlin), 2002 Promotion im Fach politische Philosophie, Preisträger der Nationalbibliothek des deutschsprachigen Gedichts 2003, Preisträger Literaturwettbewerb „Unterwelten" 2004 (Literatenohr e.V.). 1. Preis beim Lyrikwettbewerb 2007 des Märkischen Literaturkreises (Literaturpodium). Preisträger Wettbewerb Zeilen und Zeiten 2008 (ebd.). Lesungen auf diversen Literaturtagen (Berlin, Bochum, Kiel, Magdeburg, Kamp Lintfort u.a.).

Didi Costaire, *1963, schreibt seit einigen Jahren Geschichten und Gedichte, am liebsten in gereimter Form und mit Wortspielen gewürzt. Der Roman „Der Lümmel mit der Tüte" ist 2009 im Sieben-Verlag erschienen, über fünfzig Kurztexte wurden bislang in Anthologien und literarischen Heften veröffentlicht. Beim Jokers Lyrik-Wettbewerb 2011 war er unter den erweiterten Preisträgern.

Samson Cvetkovic wurde in Wien geboren und lebt seitdem auch dort. Nach der Pflichtschule besuchte er die Handelsakademie und brach diese nach der zweiten Klasse ab. Danach brachte er das Bundesheer hinter sich und hielt sich anschließend mit mehr oder weniger schlecht bezahlten Jobs über Wasser. Er schreibt Kurzgeschichten und Gedichte und hat bisher Veröffentlichungen in Büchern und Anthologien verschiedener Verlage vorzuweisen.

Alex Dreppec, *1968, promovierter Psychologe. Zahlreiche literarische Veröffentlichungen im deutschen und englischen Sprachraum, u.a. in mehreren Standardwerken – so fand er 2008 als einer von bis her nur zwei Poetry Slammern Aufnahme in die wichtigste deutschsprachige Gedichtanthologie „Der Große Conrady". Gewinner des Wilhelm Busch-Preises (1. Platz) 2004. Erfand 2006 den Science Slam in Darmstadt, der sich seitdem international ausbreitet. www.dreppec.de

Yves Drube, *1974, Künstler im Bereich Fotografie und Gemälde. Wohnort: Dominikanische Republik. Einige Veröffentlichungen in Buchform und auch ein Hörbuch, 2013 zusammen mit Luduing Rodríguez den Foto- und Poesie-Band „poesía del paraíso infernal". Ausstellungen in verschiedenen Ländern, zuletzt in Kolumbien. Seine Werke hängen in Europa, Afrika und Amerika. 2012 zu den zehn besten Skulpturen aus Zement des Landes in der Dominikanischen Republik gewählt. Original Fotografien in Form von limitierten Auflagen können als Druck (nummeriert und handsigniert) über den Künstler bezogen werden. DRUBE@rocketmail.com

Andrea E. Gecchelin, *1963, Studium der Altphilologie und Neueren Deutschen Literatur. Eigene Gedichte seit ca. 25 Jahren, 2006-2012 im Internet-Literaturforum KeinVerlag aktiv unter dem Pseudonym „Sappho"; aus diesen Jahren entstanden vier Gedichtbände, die aber bisher nicht veröffentlicht sind.

Jan-Eike Hornauer, *1979 in Lübeck, Studium der Germanistik und Soziologie in Würzburg, freier Autor, Herausgeber, Lektor und Texter, wohnt in München. Erster Band nur mit eigenen Texten: „Schallende Verse" (Lerato 2009; Herausgeber und Mitautor von Prosa-Sammlungen, zuletzt „Grotesk!" (Candela 2011) sowie von Lyrik-Anthologien, hier zuletzt „Der schmunzelnde Poet" (Candela 2013). Zweiter Vorsitzender des Münchner Künstlervereins Realtraum. Unbestreitbar einer der größten Literaten Deutschlands (exakt zwei Meter Körperlänge). In Lübeck in die Welt geworfen, aufgewachsen in Hausen bei Aschaffenburg, Studium der Germanistik und Soziologie in Würzburg. www.textzuechterei.de

Andreas Koch, *1980, wurde in der Ukraine geboren und lebte dort bis zu seiner Umsiedlung nach Deutschland im Jahr 1996. Seitdem lebt er in Rahden, der nördlichsten Stadt von Nordrhein-Westfalen. Bisher diverse

Veröffentlichungen, u.a. im Tentakel, sowie vier längere Manuskripte und Dutzende Kurzgeschichten. Zur Zeit schreibt er an einem Horrorthriller.

Sabina Kowalewski, *1968, Studium Germanistik und Anglistik, lebt in Göttingen und arbeitet als Referentin für Suchtprävention, Mobile App-Entwicklerin. Verschiedene Veröffentlichungen sowie Platzierungen bei Wettbewerben.

Jutta Krähling, geb. im Ruhrgebiet, lebt mit ihrer Familie in Bielefeld, arbeitet in der Jugend- und Erwachsenenbildung. Veröffentlichungen in zahlreichen Anthologien, 2003 die Veröffentlichung des Jugendromans „Blau wie die Liebe" bei dtv.

Horst Leiwig, *1938, gelernter Schriftsetzer. Nach Tätigkeiten in verschiedenen Offizinen Maschinensetzer sowie Meisterprüfung für Schriftsetzer. Danach Wechsel in den öffentlichen Dienst (Kriminaloberkommissar a. D.). Veröffentlichungen u.a. im Tentakel (Literaturmagazin OWL), in der Federwelt, Am Erker.

Harry Michael Liedtke stammt aus Bielefeld und lebt in Gladbeck. Im Hauptberuf arbeitet er als Industriekaufmann, nebenher betätigt er sich als Setzer, Drucker, Korrekturleser, Filmkritiker und Sphäronaut. Seit ein paar Jahren wirkt Harry Michael Liedtke auch als Autor. Er ist fernerhin Organisator von Lesungen und Kulturveranstaltungen, vor allem im Ruhrgebiet. Im Rahmen dessen managt er etwa eine offene Kleinkunstbühne im Gladbecker Café Stilbruch. Im Juni 2009 erschien sein Erzählband „Begräbnis auf dem Mond", der Ende 2012 neu aufgelegt wurde. Des Weiteren ist er Mitgründer und Vorsitzender des Kulturfördervereins „Leuchtfeder". Sein Lebensmotto: Namen sind was für Grabsteine. Und Buchrücken!! www.leuchtfeder.de, www.harry-liedtke.com

Marc Mandel, *1948 im Saarland, war viele Jahre als Rockmusiker und Hotelpianist unterwegs und lebt heute in Griesheim bei Darmstadt. 1968 schrieb er die ersten Kolumnen und satirischen Beiträge. Daneben entstanden Aphorismen, Gedichte und Kurzgeschichten, die in Zeitungen oder Zeitschriften veröffentlicht wurden. Er ist seit 2002 als freier Journalist vor allem für das Darmstädter Echo tätig. www.MarcMandel.Net

Susanne Mathies, *1953 in Hamburg geboren, studierte an verschiedenen Universitäten Betriebswirtschaftslehre, Vergleichende Literaturwissenschaft und Philosophie. Seit mehreren Jahren lebt sie jetzt als Unternehmensberaterin in Zürich. Sie schreibt auf Deutsch und Englisch. Bisher hat sie vor allem Kurzgeschichten und Gedichte veröffentlicht und damit verschiedentlich Preise gewonnen. Im Juni 2012 erschien im Schweizer orte-Verlag ihr erster Krimi „Taubenblut in Oerlikon".

Jennifer Milinski wurde 1985 in Potsdam geboren und lebt heute mit ihrem Verlobten in Berlin. Seit 2012 nimmt sie aktiv an Ausschreibungen teil und studiert bei der Schule des Schreibens den Lehrgang „Romanwerkstatt". Sie konnte bereits in mehreren Anthologien Kurzgeschichten platzieren.

Jan-Arndt Schmidt macht seit fast zwei Jahren als der junge Slam-Poet Jan Schmidt die Bühnen in Nordrhein-Westfalen unsicher. Dabei konnte gar der eine oder andere Erfolg verbucht werden. Letztendlich bezeichnet er sich allerdings nur als normalen Lulatsch, der seine Gedanken zu Papier bringt.

Barbara Siwik, sozialpädagogisches Fachschulstudium in Berlin, Tätigkeit als Erzieherin; bibliothekarisches Fachhochschulstudium in Leipzig, Dipl. Bibliothekarin; langjährige Tätigkeit als Bibliotheksleiterin in Merseburg; schreibt Lyrik und Prosa; zahlreiche Veröffentlichungen in Anthologien; Mitglied des Verbandes deutscher Schriftsteller.

Frank Stückemann, *1962 in Bielefeld, bis 1987 Studium der Ev. Theologie in Münster, ab 1991 Gemeindepfarrer. Übersetzungen (Corbière 1992, Cros 1993 und 1995, Laforgue 2002), Arbeiten zur Kirchen-, Literatur- und Kunstgeschichte (Germanisch-Romanische Monatsschrift, Archiv für das schrieb er die ersten Kolumnen und satirischen Beiträge. Daneben entstanden Aphorismen, Gedichte und Kurzgeschichten, die in Zeitungen oder Zeitschriften veröffentlicht wurden. Er ist seit 2002 als freier Journalist vor allem für das Darmstädter Echo tätig. www.MarcMandel.Net

Jürgen Völkert-Marten, *1949 in Gelsenkirchen, dort wohnhaft. Neben bisher 25 Einzeltiteln (die beiden letzterschienenen: „Als das Verwünschen noch geholfen hat", Silver Horse Edition, Marklkofen, 2009 und „Dreiklang" Edition L, Speyer 2011). Veröffentlichungen in zahlreichen Lit.-Zeitschriften, Anthologien und Schulbüchern des In- und Auslandes und im Rundfunk (Hörspiele). Mehrere Stipendien und Förderpreise für seine literarische Arbeit (u.a. Auslandsreisestipendium des Auswärtigen Amtes, Kogge-Förderpreis der Stadt Minden). Anthologiebeiträge u.a. bei dtv, Rowohlt, Fischer, Arena, Reclam.

Norbert J. Wiegelmann, *1956 in Bochum, wohnhaft in Arnsberg, verheiratet, Vater zweier erwachsener Töchter. Verwaltungsjurist. Literarische Veröffentlichungen (Lyrik, Kurzprosa) in über vierzig Anthologien verschiedener Verlage sowie in Zeitungen und Zeitschriften. Reiseberichte in Zeitungen, davon zwei in der deutschsprachigen namibischen „Allgemeinen Zeitung". Glossen und Buchrezensionen in juristischen Fachzeitschriften. Außerdem Fotoveröffentlichungen in Büchern und Zeitungen. 1986 Live-Rundfunkgespräch in der WDR 3-Kultursendung „Das Mosaik" zum Thema: „Hauptsache, veröffentlicht. Merkwürdige Praktiken des Literaturbetriebs."

Bernhard Winter wurde 1954 in Augsburg geboren; er lebt in Markt Schwaben und arbeitet dort als Psychotherapeut in einer Praxis, gleichzeitig ist er Mitarbeiter in einer Kinderklinik. Seit über 20 Jahren kümmert er sich um die Dialogreihe „Schwabener Sonntagsbegegnungen". 2013 erschien sein zweiter Gedichtband „Trau nur dem Löwen" (mit einem Vorwort von Hans-Jochen Vogel und Abt Odilo Lechner), 2011 sein Erstling „warum der Fuchs der Apfelbaum?" (mit einem Vorwort von Adolf Muschg). Für sein literarisches Schaffen wurde Bernhard Winter mehrfach ausgezeichnet. www.winternetz.net

Limitierte Kunstdrucke, nummeriert und signiert
von Yves Drube

Impresiones de edición limitada, numerada y firmada
de Yves Drube

DRUBE@rocketmail.com

Drube, Yves / Rodríguez, Luduing
poesía del paraíso infernal
poemas y fotografía de la república dominicana
978-3-943292-05-3, chiliverlag 2013, EUR 11,90

Dieser wunderschöne Fotoband auf hochwertigem Papier dokumentiert eine andere **Dominikanische Republik**, als wir sie aus Touristenkatalogen kennen. **Yves Drube** inszeniert und zelebriert Menschen des täglichen Lebens in aussagekräftigen Szenerien und erhebt sie allesamt zum Mittelpunkt seiner Fotokunst. Diese zeigt trotz gesellschaftlicher Schattenseiten die innere und äußere Schönheit der dominkanischen Menschen und der Natur.

Luduing Rodríguez dichtet gegen Ungerechtigkeit, Ungleichbehandlung und Missachtung der Menschenwürde an. Seine eindringlichen und aufrührerischen Verse richten sich an u.a. an die dominkanische Frau und geben ihr Rückendeckung und Schützenhilfe im Bestreben nach sozialer Anerkennung. Gleichzeitig sind besonders seine Liebesgedichte von schlichter Schönheit und ergreifender Melancholie.

Matthias Marschalt, **Kunst, Kultur und Schizophrenie**
Bühnentexte

ISBN 978-3-943292-09-1
chiliverlag, Dezember 2013, 6,90 Euro

Der Poetry Slammer Matthias Marschalt nahm 2013 sowohl in Essen an den NRW-Meisterschaften teil als auch erstmalig im Team MMP bei den 17. Deutschsprachigen Meisterschaften im Poetry Slam im November 2013 in Bielefeld.
Matthias Marschalts Blick auf das Leben ist ernst und heiter zugleich. Seine Texte handeln von zerbrochenen Beziehungen, Liebe und Star Wars. Sie sind komisch und – wie in ‚Der Tag der großen Party' – intelligent zugleich. Dass sich Matthias Marschalt Gedanken über Tiere macht, macht ihn noch sympathischer. Über seinen Ukulelen-Koffer weiß Michel Pauwels zu berichten: „Die wildeste Spekulation besagt sogar, dass er in diesem Koffer eine lebensgroße Handpuppe von Darth Vader mit sich führt."
„Junge, energetische, hochkomische Literatur ..."

(Dagmar Schönleber)

Hrsg. Franziska Röchter, **Halt! Dich! fest!**
Im Labyrinth der Blindfische
Seltsam Komisches aus dem Irrgarten des Lebens
Illustrationen: Günter Specht, www.spechtart.de
34 Autoren: seltsam, skurril, komisch, lustig, schräg!!!
ISBN 978-3-943292-03-9, chiliverlag 2013, EUR 12,90

Wenn die Prä-Computer-Generation Buchbestellungen im Internet tätigt oder der ermittelnde Kommissar sich als Mörder entpuppt, wenn vor lauter Apps die Kontaktdaten vertauscht werden oder wenn Ludwig der II. sich zusammen mit Rainer Werner Fassbinder als Akteur auf einem Münchner Fußballfeld wiederfindet, dann ist es an der Zeit, eine Anleitung fürs eigene Märchen-Basteln bereitzustellen. Ein urkomisches Lesebuch mit ‚tierischen' Elementen und einem kleinen Plädoyer für Unordnung. **Gerald Jatzek**, **Andreas Schumacher**, **Jürgen Völkert-Marten** und **Sandra Niermeyer,** Bühnenautoren wie **Klaus Urban** oder **Michel Pauwels**, Lyriker wie **Bernhard Winter** oder **Josef Hader** sowie der Münchner Filmemacher **Richard Westermaier** u.v.m. geben ihre satirische Sicht auf das absurde Weltentheater zum Besten.

„**Anonym**" von Yves Drube ist ein Werk aus der Serie „Expresión de la lucha diaria …", die 2013 in Kolumbien ausgestellt wurde. Der Druck ist auf nur 30 Stück limitiert und wird nummeriert / signiert direkt aus Santiago de los Caballeros, Dominikanische Republik, versendet. Im Preis enthalten sind die Versandkosten per Correo Dominicano.

Maße: 27,94 cm x 40,64 cm plus weißer Rand von 7,62 cm
Preis: 78, 00 Euro
Kontakt: DRUBE@rocketmail.com